FOLIO PLUS

Jean Giono

Le Moulin
de Pologne

Gallimard

I

A wondrous necessary man, my lord[1]*.

The Changeling.

Le domaine du Moulin de Pologne, si orgueilleux jadis, tomba entre les mains d'un homme que tout le monde appelait M. Joseph.

C'était un grand gaillard alerte d'une quarantaine d'années. Il avait une courte barbe noire, de larges yeux d'un très beau marron un peu vert, le nez parfait qu'on voit seulement dans les visages de race.

Il était arrivé ici un de ces jours d'hiver miséricordieux aux âmes sensibles. Il ne nous fit pas beaucoup de bonnes manières. Il fréquenta à peine, vint tout juste au café pour faire un bésigue, presque sans parler. S'il avait choisi ses partenaires de jeu, on aurait pu dire qu'il était intrigant. Il jouait toujours avec des gens impor-

* Les notes ont été établies par Christian Augère et sont regroupées en fin de volume, p. 187.

tants. Mais il ne choisissait pas : on le choisissait. Il ne faisait d'avances à personne. Au bout de trois mois, il fut évident qu'il ne cherchait rien d'autre que d'être à sa place en paix.

On se demanda de quoi il vivait. Il était toujours bien mis, sans aucun luxe, mais avec une certaine recherche. Ses vestons, de velours l'hiver, d'alpaga l'été, étaient manifestement à la fin d'un long usage mais très finement raccommodés et entretenus avec soin. Ils prenaient sur lui une très grande qualité. Il portait de petits souliers craquants. Tous ses pas étaient accompagnés de ce craquement quand il marchait sur les trottoirs.

Il logeait chez des cordonniers, impasse des Rogations. Le ménage qui lui donnait le gîte et le couvert n'était pas la fleur des pois[2] : lui se soûlait et elle aussi. Quand ils étaient soûls, ils ne se battaient pas, c'était beaucoup plus grave : ils chantaient. Ils avaient des voix horribles, et ils pouvaient s'en servir pendant des jours et des nuits entières sans repos. Nous ne sommes pas très *regardants* sur le chapitre de l'ennui et il nous en faut beaucoup pour nous mettre les nerfs en pelote. Ces cordonniers-là y arrivaient.

L'impasse des Rogations borde d'un côté les jardins d'un ancien couvent. D'énormes platanes dépassent de plus de trente mètres les murs de clôture et font, avec leurs feuillages épais, une énorme voûte sous laquelle le chant de ces deux ivrognes retentissait comme dans une église. On avait fait mille plaintes à ce sujet et notre homme de police était allé plus de cent fois frapper contre la porte ou contre les volets avec la poignée de son sabre. On n'avait jamais rien fait que changer la bacchanale en intarissables litanies d'une grossièreté révoltante. Ces gens étaient doués pour le scandale à haute voix.

À partir du moment où M. Joseph logea chez eux, ils devinrent doux comme des agneaux.

On ne s'expliquait pas pourquoi il était allé se loger chez les Cabrot (c'était le nom de ce cordonnier). L'impasse des Rogations n'était pas renommée comme un endroit agréable à habiter, et, pour si pauvre que pouvait être M. Joseph, il ne manquait pas d'endroits, disait-on, où il aurait pu se loger plus à son aise, et en meilleure compagnie. On lui fit même de flatteuses avances ; notamment les deux sœurs d'un petit clerc de notaire, chicots d'une vieille bonne famille, demoiselles à salon en housses à grande maison vermoulue et donnant sur la place de l'Église. Elles furent pendant longtemps tout sourire et toute révérence, toujours appâtées par le grand salut du chapeau de feutre noir en réponse. Mais il ne fut jamais question de quitter les Cabrot.

On savait même, de façon certaine, qu'il mangeait à leur table. Pour un homme qui, chaque soir, faisait froidement sa partie de cartes avec tout ce que nous comptions comme gratin, il y avait de quoi penser. On fut bien obligé d'en prendre l'habitude comme celle de voir, chaque semaine, la mère Cabrot laver au lavoir public une grande nappe de table et trois serviettes damassées marquées, croyait-on, d'une sorte de couronne. En fin de compte, on prit le parti de reconnaître que le jardin de l'ancien couvent était fort beau, et qu'il devait être très agréable de l'avoir sous ses fenêtres.

Pendant les premiers mois de son installation chez nous, le ménage de M. Joseph fut fait par la mère Cabrot. Elle en tirait gloire et, bien entendu, il ne fut question pour personne de l'interroger sur ce qui intriguait, à savoir : est-ce que cet homme était *bien de chez lui* [3]? Avait-il de beaux meubles en plus du beau linge? Avait-il été marié? Ce dont il est facile de s'apercevoir en comptant le nombre de ses draps de lit et en mesurant la surface. Mais il ne pouvait pas être question d'interroger là-dessus la mère Cabrot qui était renommée pour sa verdeur quand elle n'avait pas envie de répondre.

La mère Cabrot était fine. Elle avait toujours compris tout ce qu'on ne disait pas. Elle parla de notre curiosité à son pensionnaire sur ce ton de complice passionné que prennent les gens long-temps rebutés pour déclarer leur amour à ceux qu'ils aiment. Elle eut ainsi le plus beau moment de sa vie : une longue conversation de plusieurs heures avec cet homme aimable. « Il m'a fait venir les choses de très loin », disait-elle. Car, cette aventure-là, elle ne put pas se tenir de la raconter; sans d'ailleurs vraiment rien dire; s'en tenant sur-tout à montrer l'honneur qui lui avait été fait (elle avait une longue liste de mépris à faire payer). Et le lendemain de cette fameuse conversation elle chercha elle-même une femme de ménage pour s'occuper de M. Joseph. Elle en choisit une — et qui n'était même pas son amie, au contraire —, la plus bavarde et la plus indiscrète. À cette occasion-là, d'ailleurs, nous fûmes surpris des manières de la mère Cabrot ; elle avait l'air d'être en possession d'un secret et de se moquer de nous.

La nouvelle femme de ménage expliqua les choses clairement en long et en large. M. Joseph vivait entre une table de bois blanc, une chaise et un lit de fer. Il avait deux draps, trois chemises dont une qui pouvait à la rigueur être empesée si c'était nécessaire, six mouchoirs, deux serviettes de toilette, trois pipes, en terre d'ailleurs, et un livre. On ne sut pas lequel : elle ne savait pas lire.

Il fut évident qu'il dissimulait quelque chose. Jamais la méchanceté, qui nous est naturelle ici, à nous qui vivons dans un pays ennuyeux, ne s'exerça cependant contre lui ; enfin, ne s'exerça vraiment ; nous pouvons être tellement habiles, nous arrivons à des résultats si extraordinaires quand nous prenons la peine d'être méchants, qu'en ce qui le concerne on peut dire non. Les garçons qu'on envoya jouer dans le jardin du vieux couvent et à qui on recommanda de grimper dans les platanes jusqu'aux branches d'où l'on pouvait voir dans la chambre de M. Joseph, rapportèrent qu'il se promenait paisiblement de long en large, ou bien qu'assis sur sa chaise, il lisait à longueur d'après-midi ce fameux livre dont on ne savait pas le titre.

Malgré tout son mystère, il n'inquiétait pas. Ceci est assez difficile à expliquer. À dire vrai, il inquiétait. Mais il ne faisait pas peur. Quand je m'en aperçus, je fus bien plus étonné de voir que la méchanceté ne s'exerçait pas contre lui. Enfin, pas vraiment.

Nous avons ici deux sociétés musicales — rivales, naturellement. Quand il fut question de renouveler les cartes de membres honoraires, on en fit porter une chez M. Joseph. Il la prit de bonne grâce et paya trois francs. L'autre société fit également porter une carte qu'il prit aussi et paya trois francs. On fut cette fois assez vexé de cette indifférence. D'ordinaire, nous ne la pardonnons pas. On ne peut pas dire que nous pardonnâmes. Mais on ne sait par quel prodige il nous obligea à ne pas avoir de suite dans les idées. Si tous les canons qu'on avait braqués sur lui étaient partis, il aurait été réduit en poussière. Quelque chose mouillait la poudre.

Nous étions surtout, il faut le dire, retenus dans nos élans naturels par un peu de crainte. Sinon, malgré tout son charme il aurait payé comme tout le monde. Les nappes et les serviettes damassées que la mère Cabrot lessivait toutes les semaines au lavoir public nous donnaient à penser. C'était un magnifique linge de table. Personne n'en avait jamais eu de plus beau ici. Cela parlait d'un train de vie inimaginable et d'une puissance correspondante. Nous étions trop prudents pour nous frotter sans plus ample informé à quelqu'un qui avait été de cette puissance-là. On le jugea sournois et hypocrite, mais c'était exactement ce qu'il fallait pour qu'il soit respecté. Surtout en face. Et c'était tout ce à quoi il avait l'air de tenir.

Nous étions terrorisés par la désinvolture avec laquelle il consacrait à la table d'un cordonnier ces damasseries royales. Il ne faut pas croire que nous soyons ici des gens ordinaires qui ne sont jamais sortis de chez eux, qui n'ont jamais rien vu et s'étonnent de peu, ou s'effraient facilement. Tout notre haut du pavé est allé faire fortune au Mexique[4]. Il faut traverser l'océan sur lequel il y a des tempêtes ; il faut habiter des villes dans lesquelles on a le mal des montagnes ; il faut voyager armé et même dormir armé dans ce pays où il y a plus de bandits et de serpents que partout ailleurs. Mais nous craignons moins les couteaux et les fauves qu'une façon de vivre qui ne correspond pas à l'idée que nous nous faisons de la vie. Cela détruit tout ce que nous possédons plus sûrement que la révolution de Pancho Villa[5]. Il s'agissait donc, avec M. Joseph, d'être très diplomate.

Il semble bien qu'il ait été, pendant plus de deux ans, le souci de notre petite ville. Nous avons nos habitudes, nous vivons ici avec elles. Il était très désagréable d'avoir maintenant constamment sous les yeux quelqu'un qui vivait de façon différente, et fort bien. Il avait l'air de nous donner des leçons. Nous n'aimons pas ça. Sans le linge damassé et l'expérience que nous avons de la vie, il aurait couru les plus grands dangers. Il les courait, en vérité, mais impunément, ce qui était encore plus désagréable.

Nous avons évidemment des atouts pour gagner ; le plus puissant est ce qu'on appelle « *la force des choses* ». Et, en ce qui concernait M. Joseph, cet atout-là était particulièrement bon. Cette barbe d'œillet[6], ces yeux dans lesquels la moindre vivacité allumait des éclats verts, cette stature, cette démarche virile et souple qui faisait penser à la mer, tout cela, joint au mystère romanesque, au damas et à la table de bois blanc, enflamma la tête des femmes. Il était dans le bel âge et d'une salubrité attirante. Je ne parle pas de nos *frivoles*. Celles-là, bien sûr, s'étaient tout de suite jetées à corps perdu dans l'entreprise. Il est évident qu'un scandale dans ce sens-là nous aurait bien servis. Nous en avions de très élégantes qui avaient eu des succès à Paris et même dans d'autres capitales du monde; elles étaient habiles et très flatteuses. Mais il fallut vite perdre tout espoir. Le sourire de M. Joseph en disait trop long. Nous n'avions vraiment pas compté marquer un point de cette façon-là. Par contre, nous comptions bien sur nos *petites filles*. Certes, les grosses héritières étaient depuis longtemps en usage ou soigneusement chambrées, mais il en restait pas mal d'autres et, comme on dit : d'un âge correspondant. Bien faites, la plupart : un peu alourdies ou un peu maigres, mais de beaux yeux; enfin, en tout cas, des yeux très occupés. Des partis solides, du comptant : beaucoup plus de comptant, par exemple, que ce que pouvait représenter le Moulin de Pologne où la peste s'était mise. Et enfin, des filles bien élevées et de devoir.

Ce sens du devoir chez les femmes sur quoi nous sommes le plus intransigeants et dont nos *petites filles* sont l'expression la plus parfaite était, je le dis sans honte, la chose sur laquelle nous comptions le plus fermement pour faire de M. Joseph un des nôtres. Il faut avoir le courage de faire entrevoir carrément pantoufles, tisanes et buis bénit aux hommes d'un certain âge.

M. Joseph dut sentir tout le sérieux de notre

attaque ; il y répondit avec une habileté contre laquelle nous n'avions pas d'arme. Aucun de nous n'aurait pu se permettre de refuser les *petites filles* qu'il refusa. Rien qu'à y penser, j'en avais l'échine glacée. Les pères étaient tous patrons, propriétaires, ou du conseil de fabrique, et si on faisait tant que de se représenter tous les tenants et les aboutissants de leur puissance, on voyait toutes les rues, places et carrefours barrés de chaînes, comme au Moyen Âge.

Il manœuvra de telle façon qu'il n'y eut pas de chaînes pour lui, pas de rues barrées : au contraire.

Je ne peux pas me flatter d'avoir été très mondain, mais la stricte vérité m'oblige à dire que la bonne société de notre petite ville n'a jamais dédaigné mon humble personne. Et cette bonne société n'est pas la première venue. Nous avons ici des salons qui, sans fatuité, peuvent rivaliser avec ceux de la capitale en esprit, en élégance et en puissance politique. Nous avons des têtes qui, tout comme là-haut, sont au courant des secrets d'État et jouent un rôle de premier plan dans la coulisse.

Un soir, une de ces têtes, M. de K..., me tira à l'écart et me dit : « Les bourgeois font une terrible bévue. Savez-vous qui il est en réalité ? C'est un jésuite de robe courte[7]. Il a même un grade élevé. » J'en fus tout ébahi et vraiment effrayé. L'air de légère ironie qui était à demeure en soleil autour des yeux de M. Joseph, prenait un sens : et un sens bien inquiétant. « Je ne prétends pas que c'est le général, continua M. de K... à qui mon émotion n'avait pas échappé, mais personne ne peut se permettre de faire d'impair avec un homme de cet acabit. Or, il me semble que ces pauvres gens à vue courte sont en train d'agiter des jupons sous son nez. » Je ne pus que balbutier : « Comment le savez-vous ? — Quoi, les jupons ? dit-il. — Non, non, dis-je, les jupons, je le sais, c'est visible, mais le reste ? » J'étais troublé au possible. Un jésuite de robe courte est un juge, et nous avions tant de raisons d'être tous jugés.

M. de K... était un homme de sang-froid. Je l'avais vu souvent dans des adjudications, par exemple, aller au danger par les biais les plus sûrs, avec une décision immédiatement réfléchie. Il n'avait pas l'habitude de prendre des vessies pour des lanternes. C'était l'homme le plus averti que nous ayons. Il fit le mystérieux : ce qui était le signe évident du danger que nous courions. M. Joseph s'était, paraît-il, trahi — et sans aucun doute trahi volontairement, car les hommes de son genre ne font rien par faiblesse — il avait fait quelques allusions furtives au cours de sa partie de bésigue avec M. Nestor B... Allusions furtives sur lesquelles, à diverses reprises et avec une insistance caractéristique, M. Joseph était revenu de soir en soir. « Et enfin, dit M. de K..., l'avez-vous jamais vu à la messe ? »

Cela faisait trop de preuves pour douter.

On rentra brusquement les *petites filles* dans leurs boîtes. Et, à la lettre, il y eut, autour de M. Joseph, une explosion de révérences et de coups de chapeau.

Tout s'expliquait : la table de bois blanc, le lit de

fer, le linge damassé, la pauvreté dont il n'avait point honte. (Fallait-il qu'il soit puissant pour n'avoir point honte de la pauvreté!) Pauvreté, comprîmes-nous enfin, pauvreté consentie, cherchée; pauvreté construite. Il avait été percé à jour par M. de K..., une de nos têtes, mais nous nous reprochions amèrement de n'avoir pas vu ce qui nous crevait les yeux.

Pendant la période de chasse au mari, on avait imprudemment avancé deux de nos *petites filles* : Éléonore H... et Sophie T... On eut beau les rentrer plus vite que les autres, elles avaient occupé des places si importantes sur l'échiquier que leur ombre y resta visible. Cela leur attira beaucoup de sarcasmes. Car, nécessité n'a pas de loi, nous nous portâmes tous du côté de M. Joseph en un clin d'œil. Il avait un trop gros bâton entre les mains.

Éléonore et Sophie, quoique montées en graine, étaient fort tendres. Il était très dur pour elles de continuer à se montrer et à sourire comme si de rien n'était. Leurs familles glacées de peur, et peur en face de laquelle ces pauvres *petites filles* ne comptaient plus que comme la cinquième roue de la charrette, les deux familles : pères, mères, frères, tantes et même cousins au cinquième degré, obligèrent Éléonore et Sophie à sortir, à faire des visites, à paraître en public, à la promenade, partout. On leur faisait sans cesse la leçon à la maison et, dès qu'elles paraissaient sur le cours ou dans les salons, on les lorgnait sans vergogne d'un œil qui ne dissimulait rien. Elles savaient très bien ce qu'il y avait dans ces regards; elles avaient souvent regardé les gens de cette façon-là.

Le rouge de la honte ne quittait plus leurs fronts. Il était facile de prévoir qu'elles allaient finir par en tomber malades. Tout le monde se réjouissait beaucoup.

Si j'avais eu la légèreté de ne pas croire dur comme fer aux confidences d'une de nos *têtes* — ce qui n'avait jamais été le cas, et cette fois-ci moins que jamais —, le comportement de M. Joseph vis-à-vis d'Éléonore et de Sophie aurait suffi à m'éclairer. Il m'eût été sans doute impossible d'aller aussi profond que M. de K... et de qualifier exactement la position sociale de cet homme étrange, mais j'eusse été prévenu par mon instinct de sa valeur extraordinaire. En effet, il ne nous restait plus qu'à attendre le délabrement nerveux de nos deux *petites filles* quand tout fut remis en place avec un brio qui nous laissa bouche bée et très inquiets, car nous ne sûmes plus à quel clou pendre notre lampe.

Chaque dimanche, à deux heures de l'après-midi, tout ce qui comptait ici allait en grand équipage faire promenade sur une sorte de terrasse plantée d'ormes qui domine la plaine d'une cinquantaine de mètres. Cette magnifique esplanade qui s'étale sur les débris de nos anciens remparts est l'œuvre d'un de nos édiles, M. Bonbonne, qui, il y a une soixantaine d'années, mena à bien à la fois l'enrichissement de notre territoire avec un canal d'irrigation, et l'embellissement de nos résidences avec cette esplanade digne d'une grande ville. On l'appelle Bellevue. Ce qui s'accorde avec l'élégance qui s'y déploie.

Nous étions en mai. C'étaient des jours tièdes et

18

gris, très amollissants, où il est si agréable d'être cruel sans danger. On s'en donnait à cœur joie avec Éléonore et Sophie. Les familles les exhibaient avec soin à Bellevue. C'était une façon de proclamer que tout était pour le mieux dans le meilleur des mondes. Personne n'en croyait rien et le montrait ouvertement. Nous savions que c'était de la comédie. Nous sifflions les acteurs à cœur ouvert.

M. Joseph n'était jamais venu à la promenade. Il y vint. Nous le saluâmes avec empressement. Sa présence sous nos ormeaux était, à mon avis, une bonne note qu'il nous donnait, même si son coup de chapeau était un peu sec. Il avait bien le droit, tout en nous faisant de bonnes manières, de souligner sa puissance.

Même avec le recul du temps, je ne peux pas me représenter exactement ce qu'il fit. C'était si loin de ce que nous pouvions comprendre. J'ai parlé de ses coups de chapeau un peu secs. Ce qui est clair, c'est qu'il répondit à peine à nos saluts et qu'en réalité il passa, raide comme la justice, devant M. de K..., Mme T..., la famille M... et tous nos gros bonnets comme devant une pépinière de poiriers. Il salua très bas Éléonore au milieu de ses parents, puis, par une volte-face qui envoûta tout le monde, il salua très bas la malheureuse Sophie qui titubait entre son père et sa mère. L'instant d'après, et sans qu'il soit possible de dire comment cela s'était fait, il avait Éléonore à son bras droit, Sophie à son bras gauche et tous les trois se promenaient sous nos ormeaux, comme si la chose était toute naturelle.

Nous étions pétrifiés. Nous aurions vu Sodome et Gomorrhe, nous ne l'aurions pas été plus. Je revois encore M.B... avec sa bouche en trou sous ses moustaches et Mme R... que l'événement avait surprise en train d'ouvrir son ombrelle et qui continuait à l'ouvrir, comme dans un tableau. Seuls, lui et les deux pauvres filles continuaient à vivre. Lui, l'œil cette fois entièrement vert et étincelant, le sourcil froncé, mais dans sa barbe d'où, semblait-il, il était en train de parler, des sourires très blancs, elles, toutes deux redressées, ayant cambré un peu la taille, marchaient en ayant l'esprit de faire de beaux pas. On voit tout de suite quand quelqu'un est à son aise : on a en soi-même une sorte d'inquiétude qui nous en prévient. C'était exactement ce qui se passait, et pour elles et pour nous.

M. de K... me rencontra le soir de ce jour-là. Il ne m'avait jamais parlé dans la rue. Il me dit : « Avais-je vu clair ? » Je fis beaucoup d'éloges à sa perspicacité, mais nous avions reçu la volée de bois vert. « S'incliner, me dit-il, s'incliner, courber l'échine, voilà le conseil que je donne. Nous ne sommes pas de taille. Il a toute la confrérie derrière lui. » Je reconnus qu'en effet, pour se risquer à faire une chose semblable, pour nous défier de cette sorte, il fallait qu'il se sente soutenu en haut lieu. « Mieux que soutenu, me dit M. de K... — et il dressa son index : Mieux que soutenu : obéi. Souvenez-vous de ce que je vous dis : en haut lieu on ne le soutient pas, on lui obéit. »

Nous étions arrêtés sur le trottoir, devant la mercerie des sœurs Atanase et on nous regardait à

travers les vitres; on avait même un peu entre-
bâillé la porte pour suivre notre conversation.
« Venez », me dit M. de K... et nous fîmes quelques pas en direction de l'hôtel des postes. « Il
faut être extrêmement prudents », me dit-il. Je
répondis avec une voix embarrassée que nous
l'avions toujours été. Je ne sais ce qui me boule-
versait le plus, du fait que M. de K... me traitait de
pair à compagnon en pleine rue ou de l'aventure
dangereuse que nous étions en train de vivre.
« Nous n'avons jamais été imprudents, en effet,
me dit-il, sinon entre nous. Et, entre nous, cela est
sans importance. Nous nous connaissons assez
pour n'être imprudents qu'à coup sûr. » Nous
vivions des temps si exceptionnels que j'osai poser
une question à M. de K... « Que vient-il faire ici? »
Il leva les bras au ciel. « Que font ces gens-là
d'ordinaire, où qu'ils soient? » me répondit-il. Il
se pencha vers mon oreille et il ajouta : « Nous
abaisser, voilà ce qu'ils font. » Nous continuâmes
à faire quelques pas mais en silence. C'était un
adorable soir gris perle semblable à ceux qui me
troublaient le cœur quand j'étais enfant. Le train
du monde ne permet plus de jouir de cet innocent
romanesque.
   Je ne suis pas un esprit pénétrant et universel
comme M. de K... mais, quand ma propre sécurité
est en jeu, j'ai une jugeote qui rend bien de petits
services. Je me dis : « Le plus simple est, comme
toujours, de calquer ta façon de faire sur celle des
autres. Tu ne risqueras pas plus qu'eux. Si le ciel
tombe, tu es prévenu, il te sera peut-être possible,
au dernier moment, de faire l'écart pour te sauver.
Écoute, regarde et fais-en ton profit. »

On disait qu'au moment où ils se séparèrent, Sophie avait baisé les mains à M. Joseph. Si elle l'avait fait, et ainsi devant tout le monde à Bellevue, il y avait eu une exaltation étrange dans cette *petite fille* qui avait été toujours très effacée. Il paraissait même qu'elle s'était « précipitée sur ses mains ».

On en dit toujours plus qu'il n'y en a, dans ces cas-là, mais je ne pouvais pas exercer mon sens critique, la scène s'était passée loin de moi, loin de tout ce qui comptait. Tout le temps que dura la promenade de ces trois personnes, nous nous étions serrés les uns contre les autres et réfugiés, pourrions-nous presque dire, à l'extrême bout de l'esplanade, autour du buste de M. Bonbonne. La chose avait été rapportée par ces gens sans importance que rien ne peut jamais inquiéter.

Devant cette « précipitation », Éléonore avait eu, paraît-il, un haut-le-corps et elle avait fait un pas en arrière. Mais, l'instant d'après — si on en croit toujours ces gens du commun sans imagination — elle s'était « précipitée » elle aussi, mais sur Sophie qu'elle avait embrassée avec les marques de la tendresse la plus passionnée. Il y avait là matière à réflexion. Il faut bien connaître notre milieu pour comprendre ce que ces événements avaient d'effrayant et de miraculeux.

Sophie était la fille unique d'un marchand de fer qui n'avait jamais fait vraiment partie des *gros bonnets*. Il avait simplement réussi quatre ou cinq adjudications conséquentes à l'époque où l'on faisait des ponts métalliques. Le train-train l'avait lancé; il avait été considéré longtemps comme une des fortunes de notre région. À cette époque, Sophie, quoique sans grâce mais avec la fraîcheur de vingt ans, côtoyait la jeunesse dorée. Elle n'en faisait pas partie : elle en touchait les bords. Quand les beaux jeunes hommes et les belles demoiselles partaient en char à bancs avec des violons pour aller goûter et danser sous les charmilles, toute la compagnie saluait gentiment Sophie si on la rencontrait sur la route en train de faire les cent pas. Quant à l'inviter à monter, c'était une autre affaire à laquelle personne ne pensait. Sophie avait-elle mal fait son compte en pensant à l'argent du marchand de fer ? Sa bouche, qu'elle avait large et épaisse, devint amère ; elle rentra la tête dans les épaules et elle finit par regarder obstinément la pointe de ses souliers. Elle avait aussi commencé à grossir quand elle eut une brève intrigue avec un des commis voyageurs de son père. Puis, il y eut encore au moins dix ans de regards baissés et elle se rendit une deuxième fois ridicule pour un père blanc qui était venu prêcher à notre paroisse de Saint-Sauveur au sujet de la croix qu'on a, depuis, érigée au sommet de notre plus haute colline : à plus de trois cents mètres au-dessus du niveau de la mer.

J'ai dit tout à l'heure que Sophie était effacée. En effet, ces deux fois où on parla d'elle, en réalité on n'eut pas grand-chose à en dire. Le commis voyageur avait été flanqué à la porte subitement avec des mots un peu vifs. C'est nous qui tirâmes la conclusion. Pour le père blanc c'était un peu plus net. On ne pouvait pas nier l'assiduité de

Sophie aux prêches ni le soin qu'elle mit à se placer chaque fois, juste dessous la chaire, et finalement on sut, de façon certaine, que c'était sur sa propre insistance que le père T... se décida à fournir gratuitement le fer de la croix.

De toute façon, les affaires du père étaient restées dans un statique sans gloire. Sophie s'était arrondie et commençait déjà parfois à marcher comme les canards. C'était pour nous la grenouille qui veut se faire plus grosse que le bœuf. Les mieux intentionnés disaient d'elle : « Elle a de la tête. » Nous répondions invariablement : « Elle ferait mieux de ne pas en avoir. » C'était une spirituelle allusion à son visage sans grâce. Au surplus, nous la savions sensible et deux ou trois traits de son caractère auraient été en sa faveur s'ils ne l'avaient poussée à des manifestations de sensiblerie fort inconvenantes. On doit laisser l'exercice de la charité à ceux que la naissance a désignés pour cet usage.

Éléonore était tout à fait autre chose. Avec elle, il fallait continuer à prendre des gants. D'abord, les H... étaient apparentés à d'anciennes familles solides et dont la fortune ne venait ni du commerce ni du travail. C'était une petite cousine — par les femmes — de M. de K... et la bonne nièce[8] de Philippe de Beauvoir qui faisait toujours la pluie et le beau temps à la sous-préfecture. Elle avait, en outre, de qui tenir. Sa mère avait toujours mené tout le monde tambour battant, sauf son mari qui, lui, la faisait sérieusement danser sur une musique tout à fait personnelle. Il buvait, il était coureur. C'était un grand, gros homme, toujours vêtu d'un rase-pet mastic et de culottes de cheval. Il portait bottes en tout temps. Il avait une tête en boule à peau violette, les yeux en œuf; il s'accrochait dans les cœurs faciles avec ses superbes moustaches en croc. Éléonore tenait de lui une façon brutale d'obéir aveuglément à soi-même, mais elle tenait de sa mère le goût de l'attitude. Madame, haute et corpulente au pied large, était corsetée tous les jours à six heures du matin; et corsetée serré. Elle ne reposait que debout. Son énorme poitrine surplombait le vide et, à force de compression et de retenue sans défaut, elle avait fait passer son ventre dans ses fesses. Elle portait lorgnon, non pas par myopie, mais pour les besoins de la cause; et je soupçonne même que l'assez forte moustache noire qui ornait sa lèvre lui était venue par volonté. Elle et Éléonore étaient capables de passer en plein jour à côté de M. H... vautré dans le ruisseau, et couvert de vomi, sans presser le pas ni détourner les yeux. Elles avaient subi leur part d'avanies avec une telle insensibilité que nous nous étions lassés les premiers.

Si M. de K... m'avait raconté la « précipitation » de Sophie et l'embrassement « passionné » d'Éléonore (on prétendait même qu'elle avait balbutié : « Ma chérie, oh! ma chérie! » et qu'elle avait les larmes aux yeux), malgré tout le respect naturel que je me devais d'avoir pour lui et pour son esprit (et que j'avais), j'aurais pensé qu'il inventait. Mais le fait avait été rapporté comme je l'ai dit par des boutiquiers sans aucune importance. Comment croire que ces gens-là pouvaient imaginer? À mon avis, les choses s'étaient bien passées de cette façon-là. Et les conséquences étaient d'une extrême gravité. Ce n'était rien moins que la mise en pièces de notre monde habituel. Tout ce que nous avions pensé et construit sur notre pensée s'écroulait. Les révolutions dont on parle tant ne sont pas autre chose.

Les soucis que je laisse voir n'embarrassaient pas tout le monde. C'était l'amère prérogative des meilleurs d'entre nous. Je ne les partageais qu'avec nos « *têtes* » : M. de K... et les autres. Et Dieu sait si nous en étions assombris !

Quant à Éléonore et à Sophie, depuis la fameuse promenade, elles ne se quittaient plus. On les voyait partout en pleine passion d'amitié. En d'autres occasions, on n'aurait pas manqué de chansonner ces deux vieilles tourterelles, mais j'avoue que tout cela nous effrayait à juste titre et que nous nous contentions, entre nous, de nous regarder sans avoir envie de rire et avec des mines fort longues. Plus nous réfléchissions à la chose, plus nous sentions qu'un bouleversement général était en train de s'opérer, à quoi nous n'avions rien à gagner et tout à perdre. On commençait aussi à faire beaucoup d'éloges de M. Joseph, chez les gens du commun; et ceux-là, s'ils n'ont pas l'esprit, ont le nombre.

Ils avaient été enthousiasmés par les manières si peu délicates de M. Joseph et surtout par le dédain dont il nous avait accablés. Ils disaient que c'était un « chevalier » (comme quoi, même ceux qui en nient la valeur en viennent à se réclamer d'une hiérarchie aristocratique).

Le « chevalier », comme nous l'appelâmes (strictement entre nous, à voix basse), continua à vivre de son train ordinaire. Il récoltait beaucoup de saluts, y compris les nôtres que nous ne lui ménagions pas. Il répondit à tous avec bonne grâce. Il ne manqua pas une partie de bésigue.

J'eus encore une conversation dans la rue avec M. de K... Je l'écourtai le plus possible et lui fis remarquer que ces conciliabules pouvaient être compromettants. Il en convint. « D'autant, me dit-il, que j'ai essayé de voir si on pouvait pousser le Clergé en avant, plus pour me rendre compte de la valeur de mes déductions que pour la chose elle-même. J'ai trouvé ces messieurs de plomb ; ils ne veulent entendre parler de rien. J'ai eu beau leur montrer toute l'importance que cet homme prenait dans le parti de la rue. Ils n'en ignorent rien, mais ils m'ont cité l'Évangile. À moi ! C'est vous dire si, en réalité, la situation est grave. »

Nous nous séparâmes rapidement.

Cependant, pour des esprits superficiels, tout paraissait être rentré dans l'ordre. Ils purent le croire jusqu'à la nuit du scandale.

II

*Fourrez vos soucis dans un vieux sac
et perdez le sac*[9].

L'anonyme.

Je vais faire un assez long détour en arrière avant d'en arriver à cette fameuse nuit.

La femme qui va nous intéresser maintenant était évidemment exceptionnelle. Je vais essayer de la faire comprendre.

Le Moulin de Pologne est un domaine de plaisance situé à un kilomètre à peine de nos faubourgs ouest par la route. En réalité, la promenade de Bellevue le surplombe exactement. Si on le voulait on pourrait cracher sur la toiture du château.

Moulin de Pologne, pourquoi ce nom? Personne n'en sait rien. Les uns prétendent qu'un pèlerin polonais allant à Rome s'établit jadis à cet endroit-là dans une cabane.

Un peu après la chute de l'Empire, un nommé Coste acheta le terrain, fit construire la maison de maître et les dépendances qu'on voit encore.

Coste était un enfant du pays, mais il y revenait

après un long séjour au Mexique. C'était, paraît-il, un homme maigre et silencieux. On se souvient surtout de ce qui le caractérisa : des sautes d'humeur violentes qui le faisaient passer sans transition d'une bonté de pain à une cruauté famélique. Il semblait être aux prises avec un problème qu'il essayait de résoudre de deux façons différentes sans jamais y arriver.

Il était veuf, mais il avait deux filles. On parle encore de leur beauté. Elles étaient, à peu de chose près, du même âge. À m'entendre, comme à entendre tous ceux qui en parlent, on croirait que nous les avons connues. Tous leurs contemporains sont morts et il est cependant de notoriété publique qu'elles étaient brunes à peau de lait, que leurs yeux énormes, d'un bleu d'acier, regardaient les choses avec une extrême lenteur. On parle aussi de l'ovale ravissant de leur visage et de leur démarche qui, à ce qu'on dit, vous laissait bouche bée.

Anaïs et Clara firent des ravages considérables parmi la gent masculine. Il était très difficile de les approcher. Elles ne fréquentaient pas.

Elles furent demandées en mariage. Ce qu'on demande toujours en mariage, ici, c'est l'argent. Coste paraissait en avoir à *revendre*. Malgré la beauté des deux filles, on ne pouvait pas se tromper sur le sens des premiers pas qu'on fit à leur sujet. La famille qui s'avançait était huppée et arrogante, comme il se doit. Elle fit comprendre sans équivoque qu'elle cherchait purement et simplement un moyen de prouver que deux et deux faisaient quatre.

On employa à ces premières escarmouches les marieuses habituelles, notamment une Mlle Hortense dont il va être souvent question.

C'était une femme forte comme un cheval, de corps et d'âme et, à ce qu'il semble, capable de prendre indéfiniment ressource en elle-même. On la représente comme mangeant de la viande saignante, buvant sec, se crottant sans souci et portant ostensiblement du toc par esprit combatif; bien entendu, fine comme l'ambre. Elle emmenait toujours avec elle, dans ses ambassades, trois pauvres petites bécasses sorties du meilleur monde et habillées comme des gravures de mode. « C'est pour la tapisserie, disait-elle. Sans tapisserie, pas de diplomatie. Je n'ai toute ma valeur que rehaussée par l'alentour. »

Toutes ces dames sortirent d'entre les mains de Coste légèrement défrisées. Il les avait reçues avec une grâce, un brio, une gentillesse exquise. Cet homme sec et qui avait, disait-on, arpenté des déserts, portait le costume comme un roi. Ce silencieux avait le don d'un sourire éblouissant et, quand il se donnait la peine de parler, il parlait d'or. En cette occasion, il s'était donné, semble-t-il, cette peine.

Les matrones s'attendaient à trouver du nègre sous tous les fauteuils du Moulin de Pologne. Elles étaient loin d'être préparées au charme de cet homme et à la tristesse de son cœur. Faiblesse qu'il leur dévoila sans vergogne, comme à des domestiques devant lesquels on peut se promener tout nu. Mais ce qui les mit à plate couture, c'est surtout le tour que Coste donna à l'affaire.

L'entretien eut lieu dans le grand salon. J'ai eu, depuis, l'occasion de vivre (on verra comment) dans cette pièce qui donne par six portes-fenêtres sur la forêt de sycomores. J'ai plaisir à imaginer que cet entretien eut lieu en novembre. Dieu qui fait bien les choses avait dû le réserver pour cette époque de l'année où le reflet des feuilles rouges colore même l'ombre.

Le mur qui fait face aux portes-fenêtres était presque tout entier occupé par un immense tableau. Je l'ai revu récemment quand j'ai eu l'esprit de m'intéresser aux fins de cette malheureuse famille. Il est, maintenant, roulé dans les archives de maître Didier, notaire. « Vous regardez, m'a dit celui-ci, le drapeau des Amalécites[10] ? »

C'est une peinture grossièrement dessinée et grossièrement coloriée sur du papier. Je ne me pose pas en artiste ; je donne mon avis. Cela représente une femme en pied, bien plus grande que nature, dans un vaste paysage de collines, de palmiers, de cactus, d'oiseaux exotiques, de serpents et de villes en pyramides. Dans le visage de la femme, dans la façon dont elle porte son corps, dans la couleur de ses yeux, le poids de son regard, la ligne de sa bouche et de ses sourcils, le déroulement de ses bras, l'attache de sa gorge, la plénitude de ses hanches, le mouvement de ses cuisses de reine, visible sous une jupe paysanne à longues raies vertes et rouges, on avait, paraît-il, souligné jusqu'à l'absurde la ressemblance avec Anaïs et Clara. En plus des serpents, des oiseaux et des villes, cette *mère* d'Anaïs et de Clara est entourée de scènes semblables à celles que l'on voit dans les ex-voto pendus aux murs des chapelles miraculeuses pour remercier le Seigneur d'avoir échappé à l'infortune de la terre et de la mer : roues brisées, brancards rompus, chevaux emballés, canots crevés, vaisseaux submergés (dans le tableau ils sont submergés par des nuages), maisons vomissant des flammes par portes et fenêtres, chiens enragés mâchant du savon, fusils éclatés, robes en feu, explosions de lampes à pétrole et même rochers tombant du ciel. Il y a en outre comme les instruments de la passion dans les tableaux religieux : des béquilles, des cannes à corbin[11], des souliers de pied bot, des attelles, des brancards et un cercueil. Tout est peint en couleurs vives : rouges, verts, bleus et beaucoup d'un jaune très étincelant qui voisine avec un noir de goudron.

Je connais assez maintenant les personnages du drame pour imaginer sans trop y mettre du mien leur conversation et leurs gestes.

« Parlons un peu de ces de M... qui veulent mes filles, a dû dire Coste. Je ne vous cache pas, mesdames, que je fais une affaire. » Et, comme la vieille Mlle Hortense, se rengorgeant dans son jabot de dinde, allait entonner son morceau de bravoure, il l'interrompit et fit apporter un gros flacon de kummel.

Je sais ce qu'à ce moment-là Mlle Hortense ne savait pas. Un matin, à la pointe de l'aube, le fermier des de M... avait rencontré Coste en train de rôder autour des bâtiments du château et de la ferme. Ils parlèrent de la pluie et du beau temps, comme il se doit, puis des deux frères qu'on destinait aux deux sœurs. De fil en aiguille, Coste posa des questions un peu particulières. Il s'intéressait aux accidents que les petits de M... avaient pu avoir. Il demanda s'ils ne s'étaient jamais cassé les bras ou les jambes. Cela pouvait très bien arriver à deux gros garçons qui montaient à cheval et qui avaient du sang à fatiguer. « Ah! Je t'en fous, dit le fermier, ils ne sont pas de ce bord-là. Ce n'est pas faute d'y courir après, soyez tranquille, mais il y a un dieu pour les ivrognes... »

Coste fut très généreux de son kummel. Il le servait dans de grands verres et ces dames se dirent avec de petits clins d'œil qu'il fallait faire à la guerre comme à la guerre.

Alors, Coste dit : « Je peux payer. Aussi cher qu'on voudra. Il n'y a pas de raison que nous ne puissions nous mettre d'accord si vous avez à vendre ce que précisément j'ai envie d'acheter. Les de M... que vous me proposez, est-ce que ce sont des gens oubliés de Dieu? »

Ni cette façon de procéder, ni le kummel ne durent pouvoir empêcher Mlle Hortense d'employer sa voix de basse noble pour déclarer solennellement que Dieu lui-même ne pouvait se permettre d'oublier les de M...

Coste répond qu'il n'est pas de cet avis; que c'est d'ailleurs pourquoi ils n'en restent pas là; qu'il a de bonnes raisons pour poursuivre l'entretien. Il va préciser sa pensée. Il est, lui, Coste, un homme que Dieu n'oublie pas. Ce n'est ni le lieu ni l'heure de leur raconter la chose en détail. Qu'elles le croient simplement sur parole. Il est payé pour savoir de quoi il parle. Il est formel. Il marie ses filles volontiers et il leur donne tout. Mais il exige pour les y placer une famille ou des familles auxquelles Dieu ne pense pas, qu'il a laissées dans quelque coin et qu'il a totalement oubliées, avec lesquelles il ne pensera jamais à faire quelque chose, suivant sa méthode. Il connaît cette méthode. Dieu se sert constamment de lui pour des épreuves d'endurance ou de courage ou de fermeté ou d'un tas de choses semblables. Lui, c'est parfait, il en a pris son parti maintenant, mais ses filles c'est une autre histoire. Il les aime. Elles sont tout ce qui lui reste, il ne veut pas que Dieu passe son temps à leur demander les yeux de la tête. Elles ont deux bras, deux jambes et le reste. Qu'on leur foute la paix pour qu'elles puissent se servir de ce qu'elles ont en toute tranquillité. Voilà son opinion. Il n'en démordra pas. Garantissez-moi que vous m'offrez bien ce que je cherche et l'affaire est conclue.

Mlle Hortense avait beau en être à la discussion de son deux centième mariage, elle fut complètement désarçonnée et crut un moment qu'il s'agissait d'église. Ces filles nées au-delà des mers appartenaient peut-être à quelque secte païenne?

Coste la détrompa. « Il était loin d'être question de ça. » Elles étaient chrétiennes comme tout le monde. Il assura au surplus, froidement, que si la chose était possible il marierait volontiers ses filles à des curés. « Ce sont exactement les gens qu'il me faut. Il ne leur arrive jamais rien, ils meurent entiers et de vieillesse : c'est parfait. Voilà ce que je veux. Ne parlons pas de ceux-là puisqu'on nous rirait au nez, mais vendez-moi l'équivalent et j'achète à n'importe quel prix. »

Mlle Hortense avoua plus tard que, sortant de chez Coste, elle se dit : « C'est dans le lac. » Mais elle n'était pas femme à lâcher le morceau facilement. Elle s'interrogea, arriva à la conclusion que cet homme prenait Dieu à rebours et se dit : « Tâchons de voir clair. S'il tient à ce que les petits de M... ne soient pas des aigles, il est servi. Quant à Dieu, qu'est-ce qu'il veut que j'y fasse ? C'est bien la première fois qu'on me demande une chose pareille. Il doit avoir ses raisons. Il n'a pas l'air d'un imbécile. » Et elle se mit à flairer du côté du Moulin de Pologne.

Tout le monde était au courant de ce que je vais dire ; Mlle Hortense aussi, bien entendu, mais, ce qu'elle avait pris jusqu'ici pour une fantaisie mexicaine lui parut être éclairé d'un autre jour.

Chaque après-midi que Dieu faisait — c'est bien ici le cas de le dire — on attelait deux chevaux entiers à un léger dog-cart[12]. La voiture donnait une impression de fragilité insupportable. Pendant qu'on contenait les chevaux à pleins bras, Anaïs et Clara prenaient place dans le dog-cart, ensevelissant le petit siège d'osier sous le bouillonné de leurs robes. On leur donnait les rênes et le fouet. Dès que les deux garçons d'écurie s'écartaient, elles cinglaient les chevaux qui partaient comme le vent. Et, pendant deux heures sur les grand-routes, et même dans les landes, elles conduisaient à bride abattue et *les yeux fermés*.

On parlait partout de ces *yeux fermés*. Il est de fait qu'en voyant arriver ce tourbillon de poussière, ce carrosse de paille entraîné par deux brutes folles, ces satins volants, ces catogans dénoués, on regardait au visage ces deux femmes emportées. Tout le monde s'accordait à dire qu'elles avaient *les yeux fermés.* Tenant les rênes à pleins poings, environnées de falbalas échevelés (elles perdaient chaque jour par les chemins pour plus de six francs de galons et de rubans que les garçons s'en allaient chercher comme de l'or dans l'herbe des routes), traînant leurs longs cheveux comme des comètes, ces deux filles fermaient les yeux.

« Que tu es bête, se dit Mlle Hortense, il y a quelque chose là. » Elle en apprit davantage un jour où elle assista à la rentrée du dog-cart. Les chevaux étaient fourbus et couverts d'écume. Coste attendait devant l'écurie. Il aida ses filles à descendre. Quand il les eut posées toutes les deux à terre, il alla à un carton cloué contre une porte et il marqua quelque chose. Mlle Hortense attendit que la cour fût déserte. Elle vint regarder la pancarte. C'était un calendrier sur lequel Coste barrait les jours : un jour de plus où ses deux filles avaient échappé au destin, *cependant défié.*

Elle revint au Moulin de Pologne, mais seule cette fois.

Elle dit : « Nous sommes entre hommes. Puisque Dieu il y a, parlons de Dieu. Qu'est-ce qu'il vous a fait ? Vous pouvez me le dire, ça ne sortira pas d'ici. »

Elle était comme un gros paysan mal soigné et son petit toquet de peluche se baladait sur ses rudes cheveux gris. Il y avait dans ses lèvres noires et dans ses yeux de porc une tendresse virile à laquelle Coste fut très sensible.

Il lui raconta la mort de sa femme, puis celle de ses deux fils. Ils avaient été frappés tous les trois et l'un après l'autre, à quelque temps d'intervalle, par des morts accidentelles très spectaculaires. La première fois, Coste s'était dit : « C'est le sort commun. La mort, quelle qu'elle soit, est le sort commun. » La seconde fois, il ne dit rien. La troisième fois il dit : « Non, je refuse. »

« Vous n'êtes pas Job[13], dit Mlle Hortense.

— Non, je ne suis pas Job », dit Coste.

Ce qui l'avait révolté, c'était moins la mort que le constant appareil dans lequel elle se présentait. Chaque fois c'était brusquement, et dans une sorte d'aurore boréale; une exception, rouge et théâtrale. Il ne pouvait pas oublier. Il était comme un homme qui avance pas à pas sur des cartouches de dynamite. À chaque instant il s'attendait à sauter ou à voir sauter ce qu'il aimait. Il s'était rendu compte qu'on ne prend le destin dans aucune malice. Et que le plus terrible, c'est d'attendre. De là ses colères. Il était bien certain, hélas, que ses filles portaient en elles-mêmes le destin, mais il avait réfléchi qu'en mettant de l'eau dans du vin on le détrempe. En procédant de la même façon pour ce sort exceptionnel, on pouvait peut-être en diminuer l'alcool. Les femmes subissent l'empreinte de leurs maris. Il en était à s'accrocher à tout. Il y avait peut-être là un moyen de faire une sorte de piquette sans danger. Attaquer Dieu avec un sabre c'est se jeter la tête contre un mur, mais la médiocrité, qu'est-ce que vous en dites ? Une ruse, bien entendu, mais celle-là il la croyait efficace. C'est la raison pour laquelle il était revenu ici. Il nous connaissait. Il en était arrivé à considérer ceci : rien n'est plus beau que *faire son beurre*. Il voulait que ses filles *fassent leur beurre* sans autre forme de procès.

Ce discours réveilla la finesse de Mlle Hortense. « La médiocrité, dit-elle, mais, cher ami, vous n'y allez pas de main morte ! C'est le Pérou que vous demandez, ni plus ni moins. Je suis obligée de vous donner raison. Je n'ai jamais vu de bonheur qu'à des gens médiocres mais la médiocrité n'est pas à la portée de tout le monde, il ne faut pas vous imaginer ça. »

Elle fit à son propre sujet une brève confidence ironique mais très amère et où l'on sentait beaucoup de sincérité.

« Enfin, dit-elle, je me sers de votre propre image et la sagesse des nations est d'accord avec elle. Si j'ai bien compris l'allusion, ce qu'il vous faut pour vos petites, ce sont deux garçons qui n'ont surtout pas inventé *le fil à couper le beurre*. C'est précisément ce que j'ai en magasin. Tout ce qu'ils pourront leur faire, ce sont des enfants ; ah ! dame ! il y a un minimum à quoi il faut vous attendre. Mais, pour ce qui vient de Dieu, zéro. À ce point de vue, je vous les garantis sur facture. Prenez-les par la peau du cou et flanquez-les dans un volcan, ils en sortiront frais comme la rose et sans y avoir rien compris. On ne peut même pas dire qu'ils aient de la chance. S'ils en avaient, je ne vous les proposerais pas : ils ne rempliraient pas les conditions. Ils n'ont ni chance ni malchance et c'est héréditaire. Réfléchissez deux minutes à ce que je vous dis là. Ce sont des gens à qui, depuis plus de mille ans, il n'est jamais rien arrivé. En fait de médiocrité, dites mieux !

— Est-ce que c'est prouvé ? dit Coste.

— Archi-prouvé, dit-elle. Ils seront ravis de vous montrer les papiers sur lesquels c'est écrit. Depuis huit cents ans ils possèdent la terre qu'ils habitent. Elle s'est transmise par héritage sans sortir de la famille jusqu'à nos jours. S'ils avaient eu, de tout ce temps-là, un centime de chance, ils auraient agrandi leur territoire ; un milligramme de malchance, ils l'auraient perdu. Si vous pouvez placer, dans ces huit cents ans, gros comme un pois d'initiative ou d'esprit, il leur manquerait un bouton de guêtre ou ils en auraient un de trop. Or, vous le constaterez comme moi, tous les boutons se boutonnent et il n'y a pas une boutonnière de vide. En huit cents ans, si Dieu veut vraiment vous proposer quelque chose, il me semble qu'il a le temps d'y penser. Admettons que Dieu pense à vos filles. Mouillez son vin à cette fontaine et il en sera dégoûté pour la vie. Ou alors il n'y entend rien. Ce que je ne crois pas.

« Maintenant, si vous étiez gentil, vous feriez apporter votre cognac. Je déteste les liqueurs de femme. Nous allons nous soulager le cœur. Nous en avons besoin tous les deux. »

Ils eurent à différentes reprises de longues conversations au cours desquelles ces deux personnages qui, à des titres divers, avaient une idée particulière du monde, *tirèrent des plans*. L'extraordinaire figure de Mlle Hortense dissimulait une âme sensible, effarouchée et *méprisante à force d'amour*. Elle n'avait fait commerce de mariages qu'à bout de ressources morales et pour « blaguer » l'essentiel. C'est souvent le cas pour ces hommasses qui n'en sont pas moins femmes plus longtemps qu'on ne croit. Les révoltes à l'échelle de l'individu sont aussi passionnantes et passionnées que les autres. Elles adoucissent les amertumes par les mêmes moyens : l'illusion du pouvoir. Dans notre société bourgeoise, à l'époque où se place cette partie de mon histoire, il n'y avait aucune liberté possible pour des femmes de la taille et de l'aspect extérieur de Mlle Hortense. Obligées de mettre leur cœur dans la poche, elles ne pouvaient se satisfaire que dans la religion : « Et encore, en parents pauvres, disait-elle, nous ne pouvons pas être prêtres. Nous n'avons pas accès à la distribution des *puissances de remplacement*. C'est pourquoi j'ai choisi un sacerdoce civil. De mauvais aloi, je le reconnais, mais je n'étais pas taillée pour me contenter de peu. » Elle trouva dans la bataille des Coste un commandement à sa mesure.

Anaïs et Clara Coste épousèrent donc Pierre et Paul de M...

« Vous me garantissez les deux ? dit Coste.

— Je vous garantis les deux, dit-elle.

— Paul a les yeux un peu plus vifs que son frère.

— Clara aura peut-être un peu plus de plaisir que sa sœur », dit Mlle Hortense, mais pas des tas.

Anaïs et Pierre, les deux cadets, s'établirent au Moulin de Pologne. Clara et Paul, les aînés, gar-

dèrent la terre ancestrale des de M..., la Commanderie, à huit kilomètres d'ici. Coste abandonna
toute la grande maison au nouveau ménage et il
s'installa en garçon dans un pavillon de chasse de
l'autre côté du bois de sycomores au bord de
l'étang.

« Achetez des calendriers pour dix mille ans, dit
Mlle Hortense; la muscade est passée[14]. »

Elle était cependant trop fine pour s'abandonner à une tranquillité sans raison. Incontestable-
ment, en prenant part à ce combat et à un poste
éminent — car elle n'oubliait pas que tout s'était
fait sur sa garantie — elle satisfaisait enfin de
façon honorable, non seulement son besoin de
puissance mais encore un autre besoin plus
intime, plus difficile à assouvir et qui, paradoxalement existait à côté du premier : son besoin fémi-
nin d'être soumise et assujettie à une force. Son
orgueil la désirait inéluctable : elle était servie.
Rien ne pouvait l'être plus que le destin avec
lequel elle venait d'engager le fer. Elle en venait à
bénir sa disgrâce physique qui lui avait évité la
soumission à un époux. Quoi de plus risible qu'un
époux en face de ce qu'elle affrontait ? C'est le sentiment intime de la petitesse de l'homme qui a fait
la pensée bourgeoise si mesquine; dès qu'on s'en
échappe, on tombe dans des paroxysmes destruc-
teurs. Tel était le cas de Mlle Hortense. Elle ne
s'occupa plus de rien d'autre que d'Anaïs et de
Clara. « Ce mariage, dit-elle en parlant des deux,
est mon bâton de maréchal. Je ferme boutique et
je vis de mes rentes. »

Elle venait au pavillon le matin et y restait

jusqu'au soir. « Je ne suis pas plus compromettante qu'un cocher », disait-elle.

Coste avait accepté sa compagnie. Tiré à quatre épingles dès la pointe de l'aube, il donnait l'impression de passer ses nuits à se raser de près, à poncer ses joues olivâtres, à cirer sa petite moustache de jais. Il essaya du dog-cart.

« Non, dit Mlle Hortense. Voulez-vous vraiment défier le destin ? Pêchez à la ligne.

— Je sais nager, dit-il.

— Raison de plus, répondit-elle.

— Peut-être, dit-il.

— Sûr, dit-elle. Vous tenez vos cartes comme un enfant. Tous ceux qui se jettent dans la gueule du loup en réchappent. Jouez serré ; alors, c'est vraiment tenter Dieu. Et s'il n'en profite pas, c'est une preuve.

— Nous tournons en rond, dit Coste. On ne peut pas jouer plus serré que ce que nous avons fait avec les petites ; c'est vous-même qui l'avez dit. Elles courent donc les plus grands dangers ?

— Sans aucun doute, si Dieu est bête, dit-elle. J'y ai pensé avant vous, mais il n'y a même pas une chance sur mille. Malgré tout votre *beurre* vous ne m'avez pas trompée. Vous n'aimeriez pas d'un jeu où l'on gagne à coup sûr. »

Coste releva ses sourcils sur des yeux ironiques.

« Vous êtes fine », dit-il.

Il acheta un pliant et des cannes à pêche.

L'étang brillait à cent mètres de la porte du pavillon.

« Nous faisons Dieu plus gros qu'il n'est, dit Mlle Hortense un jour de calme. Il sort tout armé du malheur et des alarmes.

— Mettez de la fantaisie sur ça, si vous pouvez, répondit Coste, moi je ne peux pas. »

Anaïs et Clara attendirent un enfant chacune presque en même temps. D'après leur compte, elles devaient accoucher à quelques jours d'intervalle. À la fin, il parut bien que Clara allait devancer sa sœur.

Mlle Hortense fila à la Commanderie comme la foudre. Tout se passa très bien. C'était un garçon.

Coste attendait dans le grand salon au Moulin de Pologne, à côté d'Anaïs énorme et blême.

« En cinq sec, dit Mlle Hortense en rentrant. Je vous l'avais bien dit. »

Elle ajouta cependant :

« Sortez le cognac, ou mieux, si vous avez. »

Trois semaines après, Anaïs eut également un fils avec juste ce qu'il faut de cris.

La maternité convint aux jeunes femmes. Elles gagnèrent en solidité et en assurance. Elles n'avaient jamais eu, à vrai dire, le duvet des jeunes filles. Leur charme était fait d'une fragilité différente. Après la naissance des enfants, on commença à les voir comme si elles sortaient des halliers qui brouillaient leur figure.

Nous allons avoir l'occasion de parler de Pierre de M..., le mari d'Anaïs; mais, en ce qui le concerne, aussi bien lui que son frère Paul, on peut dire tout de suite que c'étaient de bons gros garçons. Bien charpentés, épais, gros mangeurs, rougeauds : la description de cent propriétaires fonciers de la région leur convient. Ils ont une seule malice : ils placent leur orgueil dans des positions faciles à défendre : l'élevage des chevaux, des chiens de chasse ou l'habileté à tirer du fusil.

Anaïs et Clara s'étaient avancées d'abord avec beaucoup de précaution dans le monde nouveau. Les deux accouchements faciles, coup sur coup, furent des traits de lumière. Tout le temps de leur grossesse elles avaient fatalement porté aussi l'espoir ; elles le fabriquaient automatiquement en elles-mêmes, le trouvaient dans tous leurs alanguissements et, debout près d'elles, à chaque réveil. Les deux heures de coliques qui avaient terminé l'affaire n'étaient vraiment pas la mer à boire.

Elles eurent ensuite à tenir leur rang : recevoir et être reçues. La compagnie fut très nombreuse et très variée. On avait appétit à connaître ces jeunes femmes qu'on disait si belles et si curieuses. La jeunesse dorée envia les maris, se mit sur les rangs. Il ne manqua pas de beaux ténébreux. Anaïs et Clara eurent des romanesques extraordinaires pendant plusieurs mois, se crurent amoureuses de l'un ou de l'autre, se firent des confidences, rirent comme des folles, dégustèrent des mélancolies fort savoureuses et devinrent éblouissantes de beauté et d'ardeur.

Elles apprirent également à goûter les vieilles gens dont la famille fourmillait. Par les longues journées d'hiver, elles entendaient arriver, jusqu'à leur perron, les bogheis grinçants avec la pluie tambourinant leur capote de cuir. On introduisait une vieille tante à marmotine[15] ou un vieux beau qui se trouvait être leur oncle. Avec ces héros elles galopaient dans les souvenirs d'une vieille chasse au bonheur. La vie se faisait connaître, non plus comme quelqu'un qui écrit des lettres de loin, mais en venant s'asseoir au foyer d'Anaïs et de Clara, en écartant ses fichus et en déboutonnant son gilet.

La vie des autres, avec ses vicissitudes, ses malheurs, ses défaites, est extrêmement agréable à regarder. Il s'agissait, comme toujours, de belles haines, de splendides méchancetés, d'égoïsmes, d'ambitions. Celles-là d'autant plus démesurées qu'il n'y avait rien à atteindre à des centaines de kilomètres à la ronde. (Je sais bien de quoi je parle!) Il s'agissait de fatuité, d'orgueil, de détresse (cette détresse qui, je l'ai remarqué, rend les gens exquis et invisibles), d'avarice (bien entendu on fait ici un très gros usage de vices de tout repos). Il s'agissait de passions qui n'avaient pas attendu Anaïs et Clara pour flamber mais qui cuisaient depuis longtemps le pain de tous. Elles arrivèrent ainsi à une vue cavalière si étendue et si nette du sort commun qu'elles commencèrent à voir les choses avec un certain sens du comique. Leurs gros taureaux de maris avaient réussi à faire naître en elles une sensualité toujours comblée qui leur donnait une bienheureuse épaisseur d'esprit, un égoïsme très confortable, une confiance totale dans le corps au sujet du bonheur. Tout notre petit théâtre trouvait au fond d'Anaïs et de Clara des acteurs prêts à interpréter les scènes familières : tout était leçon, spectacle, proverbe, jeu de société, sans séparation d'aucune sorte entre la scène et la salle. Elles avaient eu un nouvel enfant chacune : Anaïs une fille, Clara un autre garçon. Leurs beaux-parents étaient morts à leur date et de mort naturelle. Il n'y avait que du naturel partout sous la calotte des cieux.

Je suis persuadé que les gens de l'époque les considéraient comme *des nôtres*.

Un matin, Coste ferra un brochet musclé et, en le décrochant, se planta le gros hameçon dans le doigt. Mlle Hortense, assise dans les joncs, se dressa comme un grand chien devant sa niche.

« Vous croyez ? » dit Coste.

L'hameçon était enfoncé dans le pouce jusqu'au-delà de sa courbe, la pointe sortait plus bas.

« N'allons pas chez vous, dit Mlle Hortense, allons en Pologne. »

Pour dégager tout le dard, le docteur dut couper profondément avec son bistouri. Une fois pansé, Coste rentra au pavillon.

C'était le soir.

« Je ne vous quitte pas, dit Mlle Hortense. Il était dit qu'au moins un homme me verrait en camisole de nuit. »

Elle se mit à l'aise sans vergogne et s'installa dans un fauteuil devant la fenêtre ouverte.

Je pense à cette veillée d'armes de Mlle Hortense chaque fois que je sors dans la nuit d'été. Le chant des courtilières[16] grésille comme de l'huile à la poêle. La rumeur des blés mûrs tient les chiens éveillés. Les charbonniers des collines jouent du piston près des feux de camp. Le silence gagne l'étendue : on entend gronder les fontaines. Il fait une chaleur étouffante.

« J'ai froid, dit Coste.

— Il faudrait qu'on ait un remède, dit le docteur. Si j'avais seulement un trocart[17]... »

Coste montrait les dents.

« C'est le rire tétanique, dit l'homme de science.

— Tétanique ou pas, dit Mlle Hortense, il rit. C'est l'essentiel. »

Coste finit par ne plus toucher le lit que de la nuque et des talons. Il agonisait, raidi, en arc, comme les poissons qu'il avait tirés de l'étang. Ses yeux encore lumineux et mobiles cherchèrent Mlle Hortense. Elle se pencha sur lui.

« Et quand ce serait ! dit-elle. On s'y attendait bien un peu. La preuve ne vaut que pour vous. Le reste, je le garantis toujours. Rigolez, vous en avez le droit. »

La mort de Coste fit un certain bruit. On parla surtout de l'hameçon. C'était une bien petite chose pour avoir pêché un homme si important.

Chose curieuse, l'événement troubla surtout les de M... de la Commanderie. Ils se calfeutrèrent presque tout de suite chez eux. Ceux du Moulin de Pologne n'y virent pas malice tout de suite. Anaïs attendait un troisième enfant.

Ici, je suis un peu embarrassé par la vérité. Je le répète une seconde fois : je ne pose pas à l'artiste, je n'ai jamais voulu perdre mon temps ni pour critiquer les œuvres d'art ni pour essayer d'en créer moi-même, mais je connais le cœur humain. Rien ne lui paraît plus cocasse que le récit de malheurs accumulés. Or, c'est précisément ce que je dois faire et je ne voudrais pas qu'il y ait de quoi rire. Je sais qu'avec un peu d'habileté certains feraient autour de ces faits une sauce assez piquante et qui réussirait à les faire avaler avec art. Ce n'est ni dans mon rôle ni dans mes intentions. Je me borne à dire ce que je sais de source certaine et le plus simplement du monde.

Anaïs attendait donc. Elle avait dû se tromper dans son compte. Fin mai elle était énorme mais rien ne venait. Pour parer cependant à toute éventualité (comme dit son mari) on décida de mener les enfants à la Commanderie, chez leurs oncle et tante. On attela le dog-cart et ils partirent avec le père. L'aîné, le garçon, avait neuf ans, la cadette, Marie, trois ans. C'était, j'imagine, un jour vert dans les nouvelles feuilles.

Une heure après, Marie était morte. Elle s'était étouffée avec une de ces grosses cerises dures qu'on appelle cœur-de-lion. Ils avaient rencontré, au bord de la route, un cerisier avec ses premiers fruits rouges. Marie avait crié de joie qu'elle en voulait. Pierre serait allé lui chercher la lune (la petite fille avait déjà la beauté de sa mère). Il fit tomber quelques fruits du bout de son fouet.

Le dog-cart était rentré, bride abattue, les chevaux sanglants de coups, mais trop tard. Quand on put se soucier d'Anaïs, on la chercha de tous les côtés. Finalement, on la trouva cachée dans une souillarde[18] où, vautrée sur des linges sales, elle essayait d'accoucher dans des convulsions horribles.

Le docteur s'escrima, disant :

« Il faut toujours sauver la mère.

— Nous n'avons pas besoin d'opinions », lui répondit Mlle Hortense.

Enfin, il fut comme un boucher, et elle ajouta :
« Alors, avez-vous choisi ? Qui sauvez-vous, somme toute ? »

Il n'en savait rien. Ce fut l'enfant : un garçon né avant terme, malingre, la tête toute déchirée par les fers.

Les de M... de la Commanderie assistèrent aux obsèques, mais sitôt la cérémonie terminée, ils disparurent. Pierre reçut une lettre de son frère. C'était sans doute la première. Je ne les vois pas s'écrire de huit kilomètres, à la campagne, quand il est si facile d'atteler un cheval. Il lui disait : « Clara est devenue comme folle. Elle ne veut plus avoir aucun rapport avec vous : c'est une idée fixe, il n'y a rien à faire. Moi, bien sûr, si tu avais besoin de quelque chose, je suis toujours ton frère et, si je peux, en évitant que ça se sache, je ferai ce que je pourrai. Mais, tu le comprends : je suis obligé de faire passer ma femme et mes enfants avant tout. »

Le petit qui avait tué sa mère fut appelé Jacques.

Mlle Hortense se chargea de lui. Il devint fin et racé. Il garda, de ses blessures de naissance, une cicatrice fort romantique au milieu du front. Elle se perdait dans sa chevelure noire en faisant tourbillonner ses cheveux. Il ressemblait à Anaïs en plus frémissant. Il avait d'elle une lenteur de regard qui pesait longtemps sur les choses mais, derrière cette lenteur, il y avait également ce qu'il tenait de son père. Mlle Hortense s'en aperçut vite.

Il semble bien qu'à partir de la mort d'Anaïs,

Mlle Hortense se soit installée à demeure au Moulin de Pologne. Elle y fit sans doute ce ménage qu'on rencontre souvent : sans salaire, mangeant ses propres rentes au profit d'un commandement qu'elle exerçait sans contrôle.

Pierre de M... était en retard de cent ans sur les événements. Il s'était mis à vivre à reculons à partir de la mort de la petite Marie. Il s'était éloigné de toutes ses forces de ce moment où il avait secoué sa petite fille comme un sac, la tête en bas, pour tenter de lui faire dégorger la cerise ; de cette époque où il avait reçu la lettre de son frère. Il la portait dans le gousset de son gilet, sans jamais la relire, mais il la tâtait souvent. Il se parfumait à l'opopanax[19], mouillait ses cheveux pour se faire la raie et sortait toutes les nuits par la porte de derrière.

Le fils aîné avait pris la carrure de son père et sa sensualité rudimentaire. C'était un gros mangeur qui ne se rassasiait jamais.

Jacques *contemplait*. Il n'avait pas de rapports avec son aîné. Il était docile, inoffensif et très attirant. Il semblait incapable de trouver le moindre attrait au futur, à l'avenir, à ce que demain pouvait apporter, à ce qu'un pas de côté, ou en avant, ou en arrière permettait d'atteindre, de voir ou de sentir. Il avait le visage clair, très lisible, des torsades de cheveux noirs, une cicatrice romantique, une belle peau de marbre gris.

Il ne sembla s'animer qu'une fois. Les de M... de la Commanderie n'avaient jamais plus donné signe de vie, mais les fils de Clara, André et Antoine, étaient des garçons très brillants, la coqueluche de tout ce qui se faisait de mieux en fait d'héritières et de roses des bals. Beaux cavaliers, ils menaient mille petites intrigues dont quelques-unes les attiraient, malgré tout, dans les parages du Moulin de Pologne. Toutefois, ils prenaient toujours des chemins qui les détournaient très au large. Un jour, Jacques, debout à sa contemplation dans un champ, vit passer un de ses cousins germains sur la route. Il ne le quitta pas des yeux et tourna même la tête pour ne pas le perdre du regard.

Le Moulin de Pologne avait noirci en même temps que le visage de la petite Marie; son cœur s'était arrêté de battre en même temps que le cœur d'Anaïs; la peur était née en même temps que Jacques. Au cours des hivers où le ciel traîne sur la terre, il y avait parfois entre ces murs des silences insupportables dont le pas, la voix, le tapotement de la canne de Mlle Hortense délivraient. Sa taille de grenadier, son énorme visage, la moue de sa lèvre poilue, ses yeux de porc avec leur petite flamme bien abritée que rien ne pouvait souffler, et surtout la force physique que dénotait le mouvement incessant de ses jambes, le transport continu de cet obélisque de chair, abritaient la maison.

On crut un certain temps que Pierre de M... se remarierait, mais il n'allait qu'au plus pressé et les plus rusées en furent pour leurs frais.

J'ai trouvé des signes de dérangement chez lui bien longtemps à l'avance. Ainsi, il vivait silencieusement et sans un mot, mais un matin, il entra tout de go chez Mlle Hortense et il lui dit :

« Qui attendez-vous ? » Elle le connaissait fort bien. Elle lui laissa soigneusement le temps de comprendre ce qu'il venait de dire d'impromptu, puis elle lui répondit : « Est-ce que tu bois ? Ou est-ce que tu arrives à dire ça de ton propre génie ? »

C'était de son propre génie. La souffrance peut tout animer. Mais Mlle Hortense fut finalement préoccupée d'un véritable entretien qu'elle eut avec le fils aîné. Elle le vit brusquement chez elle sans l'avoir entendu entrer. Il était dans la pénombre et elle fut sur le point de prononcer le nom d'Anaïs. Ainsi, aux trois quarts dissimulé, cet homme ressemblait d'une façon frappante à sa mère. Quand il s'avança, il redevint ce qu'il était, c'est-à-dire difforme, engoncé dans des cuirasses, des hausse-cols, des cuissards et des brassards de graisse. Il se mit tout de suite à parler avec une délicatesse très surprenante. Il n'y avait aucun rapport entre son être et ses propos. C'était la voix d'un inconnu pitoyable et sensible.

La conversation fut cependant prudente des deux côtés. L'aîné ne se livra pas. Il passait toutefois sur son front de minotaure une grosse main tragique.

« S'il fallait faire la part du feu, se dit Mlle Hortense à la fin, est-ce lui qu'il faudrait sauver ? »

De toute façon, la question fut rapidement réglée. L'aîné ne rentra pas d'une de ses promenades habituelles.

Cette disparition fit beaucoup de bruit. Ici, on ne disparaît pas. C'est parfois triste pour tout le monde, mais on reste jusqu'au bout. La rumeur courut qu'il s'était détruit dans quelque coin. On le chercha. Il apparut à divers endroits, parfois en même temps. Ce n'était naturellement jamais lui. Tous les trimards un peu gros étaient arraisonnés par les gendarmes. On prétendit même qu'on l'avait trouvé à Alger.

« Alger? dit Mlle Hortense... Il ne nous manquerait plus qu'un renégat. Qu'est-ce qu'Alger vient faire dans cette histoire?

— S'il avait perdu la raison? lui dit-on.

— Perdu la raison? dit-elle. J'ai déjà bien assez envie de l'aimer. Ne me faites pas croire, au surplus, qu'il a trouvé grâce. »

Ce bruit qui subsista, se déforma, prit mille tonalités diverses et — dans lequel les gens de l'époque ont dû s'en donner à cœur joie — semble avoir d'un seul coup affolé les de M... de la Commanderie. En tout cas, il leur fit prendre brusquement une décision qui eut des conséquences incalculables. Décision dont on a des traces indiscutables et datées, puisqu'elles se sont inscrites dans un acte notarié. C'est bien vingt jours après le procès-verbal de disparition de l'aîné du Moulin de Pologne, et sans doute au plein moment où tout le monde devait en parler, que la Commanderie fut mise en vente et vendue. Une terre d'ancêtres vendue comme une vieille poule! Avant même qu'on ait eu le temps de comprendre ou simplement d'être stupéfait, Clara, son mari et leurs deux fils avaient quitté la région.

Si, depuis quelque temps, on regardait d'un mauvais œil (comme il est naturel) ceux du Moulin de Pologne sur lesquels le malheur s'acharnait, on aimait, paraît-il, beaucoup ceux de la Commanderie. Leur chance faisait contrepoids. Ils étaient superbes et les deux fils fiancés. Les fiancés exultèrent et répandirent partout la nouvelle : ceux de la Commanderie allaient se fixer à Paris. Paris jouit d'un grand prestige. On les voyait à l'avance dans des milieux magnifiques. Voilà des gens qui savaient lutter victorieusement contre le destin. Ils avaient raison, il n'y a qu'un remède : la fuite. Et d'ailleurs, pour fuir, désormais, on avait les chemins de fer.

C'est ainsi que les de M... de la Commanderie furent abattus tous les quatre, d'un seul coup. Ils périrent dans la catastrophe du train de Versailles qui coûta la vie à Dumont d'Urville[20]. Comme cet homme célèbre, ils avaient été enfermés à clef dans des wagons de bois. Sur cette voie courte, on avait fait l'essai de trains très rapides qui faisaient plus de quarante à l'heure. Il fallait se précautionner contre cette vitesse qui donnait le vertige et même, prétendait-on, des accès de folie. Au départ, on verrouillait les portières avec des écrous. Un frein qui chauffait enflamma les boiseries. Il y eut vingt personnes carbonisées en plus des nôtres.

Ce fut un tollé général dans tout le canton. Le destin des Coste prenait une importance historique. Il venait d'être démontré, d'abord qu'il ne se démentait jamais, qu'il pouvait paraître endormi un certain temps, mais que, fatalement, il frappait toujours, à un moment ou à un autre ; ensuite, que rien ne pouvait lui résister : ni le train de Versailles, ni Dumont d'Urville lui-même, donc ni la science ni le courage ; enfin, qu'il était assez furieux pour entraîner dans la mort, non seulement ceux qui touchaient les Coste de près mais même ceux qui les approchaient par hasard au moment où il avait décidé de frapper. Cette dernière constatation enragea tout le monde. On ne se cacha pas pour dire que ça n'était pas de jeu. On n'a jamais fait d'esprit avec la peur par ici. C'est un sentiment qu'on prend très au sérieux. On est capable de courage, mais jamais de témérité. On ne supportait pas l'idée d'avoir la main ainsi forcée. Qui pouvait être assuré de ne jamais être « *à côté d'un Coste* » ? Tout le monde était menacé. On envisagea très sérieusement d'aller faire un charivari au Moulin de Pologne pour forcer les derniers alliés et descendants des Coste (Pierre de M... et son fils Jacques) à fermer boutique et à décamper ; à aller se faire pendre ailleurs, c'est bien le cas de le dire. On fut retenu, non pas par le fait qu'ils étaient en grand deuil, mais à la pensée que cette entreprise faisait précisément courir un affreux danger à ceux qui s'approcheraient ainsi du *centre du destin*. Tout le monde était d'accord pour chasser les Coste, mais personne ne voulait *toucher à la hache*[21] de peur d'être foudroyé à travers le manche. On disait que le spectacle des cadavres de Versailles recroquevillés et charbonneux était horrible, que le célèbre explorateur, épargné des vents, des requins et des Zoulous, perdait sa graisse comme un rôti tombé de sa broche, après avoir partagé, *par hasard*, le destin des Coste. On disait que Clara, ayant fait effort pour s'échapper au dernier moment en crevant la vitre à coups de tête, avait été ouverte en deux par un gros éclat de verre, de la gorge au ventre et qu'elle montra, quand on put s'en approcher, un cœur noir comme une motte de suie. On brodait. Mais quand on le fait avec cette virtuosité (c'est un sentiment que j'ai éprouvé) c'est qu'on veut se donner de bonnes raisons. Il semble bien qu'il y eut dans la ville, à cette époque, une peur comparable à celle qu'on a en période d'épidémie ; avec cette différence que l'épidémie avait un nom de famille, se promenait sur ses deux pieds, bien visible comme vous ou moi. Insulter le choléra ne sert pas à grand-chose et cependant on l'a fait ; c'est dire qu'on ne se fit pas faute d'insulter les Coste. Jamais pape ne proclama d'excommunication plus efficace que celle qui fut ainsi proclamée par l'instinct de conservation.

Quand je me suis intéressé à l'histoire, j'ai cherché et trouvé de vieux numéros de la *Gazette* et du *National*, pleins de dessins horribles et d'articles bien propres à faire réfléchir les bourgeois et même les êtres les plus nobles. Ces enchevêtrements de cadavres et d'éclats de bois, ces ballasts imbibés de sang, ces momies de ramoneurs qui avaient servi de torches, et dans lesquelles il était désormais impossible de distinguer un amiral d'un convoyeur : personne ici ne les mettait au compte du prétendu frein qui avait chauffé ; tout le monde les chargeait sur le dos des Coste. On ne lisait les journaux qu'entre les lignes. Quant aux gravures, les regarder et savoir que le Moulin de Pologne n'était qu'à huit cents mètres et contenait encore deux *Coste* capables de vous faire à chaque instant participer à de semblables horreurs était plus qu'on ne pouvait supporter. On retrouve des traces de ce sentiment unanime dans un dossier qui se trouve encore à la préfecture et qui est bourré de lettres de dénonciations, d'accusations, de plaintes, toutes anonymes.

À en voir le nombre, la différence d'écriture, de style, d'orthographe, de rédaction, il faut que toute la ville et toute la campagne s'y soient employées. J'étais loin de me douter que mes concitoyens, dans lesquels je me plais à reconnaître un sens rassis et une froideur entendue, pouvaient être capables, même poussés à bout, sinon de donner dans ces vertiges, en tout cas de faire de la poésie. L'un d'eux écrit ceci, que je trouve admirable jusqu'à un certain point : « *Je crains la mort apportée par un astre !* »

Une fois sur la piste des lettres anonymes, je m'étonnai de ne pas avoir pensé plus tôt à ces manifestations si naturelles. Il ne me fallut pas grand effort pour en trouver d'autres dans les vieux papiers de notre commissariat de police. Ces dernières, je dois l'avouer, étaient d'une autre encre. Ordurières à souhait, elles émanaient de gens qui ne voyaient pas plus haut que le commissaire de police dans la hiérarchie des valeurs.

Au lieu de se perdre dans *les astres*, elles signalaient à ce fonctionnaire des faits qui étaient humblement de sa compétence. On y dévoile les turpitudes de Pierre de M... Il paraît qu'il court la gueuse. Et qu'il met dans cet exercice jusque-là non répréhensible une fougue qui, si elle n'est pas inventée, donne en effet à réfléchir. Et même à réfléchir dans plusieurs sens, car il n'y a pas une seule plainte de victimes. Or, pour certains noms de femmes citées, les lettres anonymes disent vrai et sont confirmées par la rumeur publique, car les faits se passent au grand jour, personne ne se cache et les dénonciateurs n'enfoncent que des portes ouvertes. Ils ne font qu'ajouter de l'ordure à ce qui en comporte sa bonne petite ration naturelle. Le dossier du commissaire contient aussi les accusations les plus folles au sujet de Mlle Hortense qui continue à vivre au Moulin de Pologne. Mais, si je compte bien, elle devait avoir à cette époque près de soixante-quinze ans. De toute façon, quand on accuse quelqu'un de choses horribles, par expérience je sais qu'il ne faut jamais dire non. Il n'y a pas d'innocents. Ce n'est que mon avis, mais c'est mon avis. Je me suis donc efforcé de connaître un peu mieux le fond des choses.

On sait ce qu'il en est de ces descriptions de caractères qu'on reçoit de seconde et même de troisième main. Les événements dont je parle avaient accompli leur œuvre bien avant que je puisse prendre conscience des réalités; c'est-à-dire avant que j'aie pu faire passer les faits lentement sous mon lorgnon comme j'ai fait depuis.

Voilà ce que je connais et que je peux dire. Tout de suite après la catastrophe du train de Versailles, le Moulin de Pologne semble frappé à mort. Les domestiques font leurs paquets et décampent. Il ne reste que la vieille nourrice de Jacques. Celle-là, d'après ce qu'on en dit, est une paysanne au visage idiot mais lumineux. C'est la seule du domaine, semble-t-il, qui continue à avoir quelques rapports avec l'extérieur. Rapports qui se bornent aux commissions qu'elle fait. Les commerçants la sermonnent en long et en large et même la mettent en quarantaine : elle continue à faire son train. D'autant que la quarantaine des commerçants, c'est simplement ce qu'on appelle de la mauvaise humeur ; au surplus, on continue à la servir et à accepter ses sous. Toutes les terres du Moulin de Pologne restent en jachère. On vend le bétail.

Fait symptomatique et qui peut donner une idée de l'état d'esprit dans lequel étaient nos personnages principaux : on trouve trace d'un procès qui a été intenté au Moulin de Pologne par les propriétaires des vergers avoisinant le domaine. Ces derniers déclarent que l'abandon des terres et des bâtiments à usage de ferme est si total que la sauvagine y pullule et leur cause d'importants dommages. On parle de troupes de rats et même de blaireaux qui auraient, paraît-il, poussé leurs terriers jusqu'au perron de la terrasse d'honneur. Mais mon attention a été attirée par un détail que je n'ai jamais retrouvé nulle part ailleurs. Les plaignants signalent en effet que tous les fruits de leurs pommeraies, toute la récolte de leurs vignes sont pillés jusqu'aux pépins par les innombrables essaims de guêpes qui ont installé leurs nids dans toutes les fenêtres et toutes les portes qu'on n'ouvre même plus au Moulin de Pologne. Suit en effet une déclaration du garde champêtre, du commissaire et des gendarmes qui, disent-ils, n'ont pu approcher des vergers. Je vois les autorités terrifiées par ces nuages d'or bourdonnants. C'est ce qu'était tout le pays autour du destin des Coste. Mais eux? Ou tout au moins, les deux qui restaient, que faisaient-ils au sein même de ces nuages?

On peut croire qu'avec la corpulence et le bloc de sang qu'on lui voit, Pierre de M... se contente de la gueuse qu'il court. Toute la légende qui s'occupe de lui traite en effet de ce sujet. Cependant, nous le voyons agir une fois ou deux de façon telle qu'il fait penser à une sorte d'élégance d'esprit, notamment en ce qui concerne la sauvagine qui pille les vergers. Il écrit (sa lettre est au dossier) : « Il est de mon devoir de me nommer lieutenant de louveterie sur mes propres terres et de débarrasser moi-même le monde de la vermine. » Sa lettre, d'une écriture enfantine mais très appliquée, est comme une rose quand on a parcouru le dossier d'ordures précédent. J'avoue que j'ai été touché par le mot « *devoir* » et par « *débarrasser moi-même le monde de la vermine* ». Cela est généreux.

À mon idée, c'est un gros rustaud, mais dont la rusticité est faite d'une longue hérédité de bonheur, de l'usage d'une abondance sans limite, de gros repas, de gros sommeil, d'une sagesse simple qui limite les désirs à la longueur du bras; rustique à la façon d'une colline; tout étant en place, il est un magnifique mécanisme de transformation de matière et il ne voit pas plus loin. On ne peut pas dire qu'il pense mais il sent que son devoir est simplement *d'être*, car, ce n'est pas par hasard qu'il emploie le mot *devoir* dans sa lettre; c'est un homme de devoir; ce n'est même que ça.

Mlle Hortense a beau dire: il ne suffit pas d'être dépourvu de tout esprit d'entreprise pour garder un domaine comme la Commanderie intact pendant huit cents ans. Il faut de la lourdeur; il faut être difficile à déplacer. Et c'est le sens du devoir qui donne la lourdeur. (Bien entendu, il s'agit ici du seul devoir pour lequel je consente à être ridicule, c'est-à-dire *le devoir envers soi-même*.) Il peut très bien faire le bonheur des autres; il le fait. Pierre de M... fait ce qu'il doit avec Anaïs. Il fait ce qu'il doit avec la petite Marie quand il abat les cerises avec son fouet et même quand il secoue la petite fille la tête en bas pour lui faire dégorger la cerise. Il a été peut-être à un millimètre de réussir, qui sait? À partir de là, de toute évidence il n'est plus dans son élément, son élément qui est la certitude absolue, la paix sans conteste dans laquelle depuis huit cents ans l'intelligence de ses ancêtres, la sienne, ont fait leur lit. Brusquement, ce château de la Belle au bois dormant est pris d'assaut. Comment voulez-vous qu'il résiste? Avant même d'être réveillé, il est démantelé, blessé et réduit. Il déteste Jacques dont la naissance a tué sa mère. Il le déteste, mais comme un homme de *devoir*. Il n'aime pas sa présence, ni son air, ni son regard, ni sa vie. Il ne peut avoir de ce côté-là que douleur. Il le supporte. Son fils aîné lui donne plus. Il ne se trompe pas sur ce qu'il peut attendre de celui-là. Sa goinfrerie, il la comprend, il sait pourquoi elle est là et ce qu'elle s'efforce de faire peu à peu: atteindre la lourdeur par les moyens du bord; redevenir difficile à manier. Mais, même sans intelligence, il sait que ce n'est pas de cette façon-là qu'on l'obtient. La disparition de l'aîné ne le prend donc pas au dépourvu : il l'attendait. La mort des de M... de la Commanderie le laisse froid, car au moment où elle arrive il est en train, pour la première fois depuis la mort d'Anaïs et de Marie, d'imaginer quelque chose qui l'intéresse beaucoup.

Ceux qui prennent Pierre de M... pour un simple balourd se trompent. Je vous accorde qu'il fait ses classes trop tard, mais il les fait. Il est sur les bancs de l'école. Les garces qu'il court sont un assez joli exercice de style, si on y fait attention. Mettez l'un quelconque de ses dix ou douze grand-pères à sa place. Qu'est-ce qu'il fera? Il reprendra du poil de la bête; c'est la science de la famille. C'est dans du *poil de la bête* qu'ils ont conservé le domaine. Cherchez, vous trouverez qu'ils sont tous morts d'apoplexie, et j'ajoute de mon cru, sans craindre d'être démenti par les faits : d'apoplexie foudroyante. Les plus sensibles — je veux dire ceux dont l'âme trouve douceur à suivre les mouvements de la chair — sont sans doute allés jusqu'à l'arthritisme, peut-être jusqu'à la goutte, mais jamais jusqu'à l'amour. Ils n'ont pas de passion, ils ont des maladies qui en tiennent lieu.

C'est la maladie qui donne à leur sang la disposition qu'il faut pour avoir du courage, de la haine, de la frousse, de la jalousie : tout le nécessaire pour *amuser le tapis*. Eux ne s'amusent jamais.

Pierre de M... brusquement emploie la méthode inverse. Je n'irai pas jusqu'à dire qu'il a aimé Anaïs malgré l'extrême beauté de cette femme. (Si cette beauté était un piège du destin, il a fait long feu; c'est Mlle Hortense, la machine de Dieu.) La beauté n'a pas de puissance sur lui; ce qu'il désire, la laideur peut aussi bien le lui donner. Mais il a aimé la petite Marie (c'est ici que le destin a joué carrément le jeu). Le sang de Pierre de M... s'est dit : « Je suis malade. »

Je suis persuadé qu'au lieu d'un crêpe il a pris une canne, comme tous les de M... qui ont eu des douleurs avant lui. Il va aux garces comme un poitrinaire va au piano et aux poèmes. Je vois très bien les pouffiasses qu'il devait utiliser quoique certaines aient laissé le souvenir de rustaudes bien roulées, mais un homme de quatre-vingt dix kilos, et qui a huit cents ans de placidité derrière lui, ne se procure pas la mélancolie par les mêmes moyens que les fiévreux de quarante kilos. Il lui faut d'abord de bonnes hémorragies de substances : il faut qu'il s'applique périodiquement des sangsues sans amadou[22]. Après quoi, il pourra *tournoyer tant qu'il voudra dans les coups de la fortune.*

J'essaie de me débrouiller avec un bonhomme qui n'a pas d'âme et pour qui les passions sont (à l'exemple des maladies) déterminées par plus ou moins d'urée, ou de sel, ou de sucre dans le sang; plus ou moins de relâchement des fibres. Je juge de Pierre de M..., mort longtemps avant que je naisse, par les modèles que j'ai eus par la suite sous les yeux.

Il croit un certain temps que *l'infirmité* dans laquelle les événements tragiques le mettent va désormais l'empêcher de jouir de la vie. Puis, il s'aperçoit qu'il y a des accommodements. J'incline à penser que tout se passe pour lui comme tout s'est passé pour les de M... qui l'ont précédé. Ils n'ont pas été atteints de « destin » mais quelques-uns ont été atteints de paralysie.

Il utilise la vie que lui laisse son *destin* comme ses grands-parents utilisaient la vie que leur laissait leur paralysie.

Les ouï-dire (mais on sait de quoi ils sont faits après un certain nombre d'années) le représentent rouge comme un coq et d'extérieur monstrueux. « Suant le désir par tous les pores », disent-ils. Ce n'est pas le premier mastodonte que je connais dont le suint dérègle les imaginations. Je suis, on a dû s'en rendre compte, dans une situation d'esprit qui ne fait crédit à personne ni en bien ni en mal. Il y a fort longtemps que je ne classe plus les monstres d'après la carrure ou l'abondance de la transpiration. J'en connais de fluets, secs, et qu'on croit de bonne compagnie.

Je doute que les véritables désirs de ce corps-là puissent le faire suer. Pierre de M... est presque un saint. Il n'y faudrait qu'un peu de largeur de vue pour le découvrir tout de suite. Ce qui prouve que je ne me trompe pas (s'il faut une preuve) c'est qu'on le voit très vite lâcher les femmes pour employer un procédé d'investigation plus rapide. Il se met à l'alcool. Il s'y met avec une violence et une allégresse qui ne manquent pas de majesté.

Il commença noblement par un demi-litre de

cognac. Il se dépêcha de s'habituer à cette dose. Il arriva rapidement à consommer un litre et même plus par jour. Il réussit ainsi à se remplir les yeux de sang. Ses prunelles qu'il avait bleu d'azur, noyées maintenant dans une cornée du plus beau pourpre, lui mettaient dans le visage comme deux gros morceaux de vitrail. Il déambulait, raide comme la justice. Il avait avalé son sabre.

Mlle Hortense sembla prendre la chose très à la légère. Ses facultés avaient peut-être baissé. Je dis peut-être, car, à mon avis, il ne faut pas exclure ses idées de derrière la tête. Les lettres anonymes, évidemment, l'accusent de fornications abominables, l'anonyme étant toujours plein de candeur. L'idée à l'aquelle je pense (et qu'elle était bien capable d'avoir) est horrible, mais l'intérieur des familles et les combats qu'on y mène au ralenti sont d'une pureté de glace et dépouillés de toute pitié. Si les intentions tuaient, nos salles à manger, nos chambres à coucher, nos rues seraient jonchées de morts comme au temps de la peste.

Mlle Hortense n'était pas femme à s'embarrasser toute la vie (qui est courte) avec quatre-vingt-dix kilos de viande de de M..., s'il était en travers de sa route. Il semble bien que, depuis longtemps, tout l'intérêt et tous les soins de Mlle Hortense s'étaient portés sur Jacques. Elle l'avait, comme elle disait, *reçu dans son tablier et séché dans sa robe*. Il était, en outre, aimable, frais, jeune et touchant avec sa beauté mâle à laquelle le destin qui le menaçait ajoutait ce tendre intérêt auquel nulle femme ne résiste.

Jacques était un adorable piège d'amour auquel Mlle Hortense ne pouvait pas échapper. L'anonyme comprend vaguement qu'il s'agit d'une ténébreuse affaire de viscères et d'organes où il a, comme toujours, son mot à dire, mais il est en retard sur l'événement. C'est la passion maternelle qui fait comploter Mlle Hortense. Je ne crois pas à la diminution des facultés intellectuelles de la vieille demoiselle. Je suis sûr que la solitude presque totale dans laquelle elle s'était enfermée était occupée d'un aguet constant. Même quand elle fermait les yeux et dodelinait près de son feu, j'ai plaisir à imaginer qu'elle ne faisait qu'*imiter* les vieillards, jouer la comédie à l'entourage, et qu'elle protégeait ainsi la retraite d'où elle dirigeait son combat. Si, au début de son accointance avec les Coste, elle avait défié le destin par besoin de soumission, je suis certain qu'elle demeurait maintenant dans son défi par obéissance aux lois générales, et qu'elle combattait pour le bonheur de sa vie. Elle employait naturellement des armes terribles et même interdites. Si on l'en avait accusée, elle aurait été la première à demander de bonne foi : « Interdites par qui ? Et pourquoi ? »

La vie (loin des centres) ne permet pas l'usage des scrupules. Il faut aller droit au but.

C'est pourquoi Mlle Hortense ne prit pas la peine d'imiter la tristesse ou l'étonnement quand un beau soir Pierre de M..., ficelé et écumant, couché sur la paille d'une charrette, fut emmené à l'hospice. Deux jours après, toutes les pièces officielles étaient signées pour qu'il soit provisoirement interné à l'asile départemental. L'opinion du docteur, et de tout le monde, fut que ce provisoire était définitif.

Mlle Hortense voyait juste. Le Moulin de Pologne sembla délivré. Presque tout de suite après l'internement de son père, Jacques commença à prendre des initiatives. Il se mit à élever des chiens de chasse.

Les biens de son frère aîné disparu et dont on n'avait jamais retrouvé trace étaient sous séquestre. La succession des de M... de la Commanderie, emmêlée comme un peloton de laine avec lequel un chat a joué, donnait à boire et à manger à trop de monde pour qu'il soit possible d'imaginer son règlement. Quant à la succession de Pierre de M..., elle ne pouvait même pas être ouverte; fou, mais bien vivant, il coûtait de l'argent mais n'en libérait pas.

Jacques délivra la maison des guêpes et des blaireaux. Il transforma une partie des écuries en chenil. Il y a toujours des gens qui se moquent du destin comme de l'an quarante et à qui rien ne répugne, pourvu qu'on soit accommodant pour leurs sordides châteaux en Espagne (généralement une bonne cuite par semaine). Jacques engagea facilement trois de ces hommes. Ils se toquèrent pour leur patron. Eux et les chiens firent un groupe joyeux fort sympathique. Et sans doute même très dangereux pour l'anonyme, car il ne pipe plus mot.

Je vois à peu près ce qu'il devait en être. Élever des chiens n'est pas ordinaire. Les trois lascars devaient considérer ce travail comme lettres de noblesse. Qui pourrait affronter ces frotteurs d'oreilles fiers comme Artaban? En trois mois, Jacques, dans leur compagnie, fut méconnaissable. Il semble avoir pris un brio étonnant. Il voyage. Il va jusqu'en Angleterre acheter des reproducteurs de race pure. Il apprend des lascars ce que personne ne sait. Il met la main à la pâte.

C'est le règne de Mlle Hortense. Non pas régente mais reine. Tout lui sert, même sa vieillesse, même la faiblesse que lui donne, enfin, le bonheur! Que semble lui donner le bonheur. Elle trône au Moulin de Pologne. Elle doit souvent penser à Coste. Elle doit parler à cette ombre inquiète et lui dire : « Ma garantie est de plus en plus valable. J'ai la bride en main. »

Elle se moquait de la matérielle, vivant de panades et de verres d'eau, portait encore les vieilles robes du temps de Coste, et même avait la maladresse savante d'accrocher de guingois, dans ses hardes, ses anciens bijoux de plomb, de glisser à ses doigts noueux des anneaux de rideau, comme en dérision des insignes de l'ordre. À quoi il était facile de voir qu'elle tenait fortement à son sceptre. C'est ce qu'elle voulait qu'on vît, car son intérêt était ailleurs. Mariée avec le destin, elle le brimait comme elle aurait brimé un époux. Elle lui rognait son argent de poche, contestait sa liberté, lui mettait des bâtons dans les roues, gâchait ses joies et ne pouvait avoir de cesse avant de le posséder comme un taon possède un bœuf. Si on donne au verbe la valeur qu'il a d'ordinaire, elle n'aimait pas Jacques. Elle l'aimait comme la vieille bourgeoise aime les vêpres : pour avoir de bonnes raisons de geindre contre le mari qui va au café pendant ce temps sacré.

Elle se comportait envers le destin avec ce don-juanisme des vieilles femmes laides qui conti-nuent à *tirer matière* du conjoint jusqu'au bout, jusqu'à la mort, et au-delà de la mort ; perfection à laquelle l'homme le plus séduisant n'atteint jamais avec les femmes les plus totalement don-nées ; appareil de précision indéréglable pour des possessions si majestueuses, qu'après les cadavres et les squelettes elles continuent à jouir des tombes, des cimetières et des souvenirs. Si le des-tin l'eût permis, elle eût été une prodigieuse *veuve du destin*. Elle aurait trôné sur sa tombe ; il n'y aurait plus eu de destin pour personne ; elle aurait été la propriétaire du destin pour l'éternité des siècles, anéantissant dans sa propre mort jusqu'au dernier milligramme de substance qui pouvait rester dans le souvenir même de son époux. Ah ! Elle avait finalement trouvé un mari à sa taille ! Elle pouvait exercer magistralement ses mons-trueuses qualités maritales. Malgré sa carrure, dans sa jeunesse elle avait dû regarder les hommes, et même parfois désirer la promenade d'un de ces petits nains sur son corps de géante. Cela n'avait servi qu'à lui faire prendre une conscience plus exacte de son grand format.

Quand je pense à elle, je me dis avec humour qu'elle était devant une alternative bien simple : devenir ogre ou Moïse. Elle a dû comprendre que les hommes n'étant pas assez dangereux pour elle, elle se fatiguerait vite d'en dévorer des douzaines. Quand elle rencontra le destin (des Coste) elle eut le coup de foudre. Voilà enfin celui dont il serait voluptueux de craindre et de mater le *delirium tre-*

mens ! Dans son fauteuil d'impotente elle savou-
rait l'orgueil d'être, plus que quiconque, *femme
jusqu'au bout des ongles*.

Si, à son sujet, et à propos de Jacques, je parle
de passion maternelle (loin de moi de parler
d'amour maternel) c'est que Mlle Hortense
n'inventait pas de sentiments nouveaux mais
employait (comme nous y sommes toujours obligés) les sentiments ordinaires dans ses desseins
exceptionnels. Je n'ai pas besoin de faire appel à
l'inhumain. Aussi bien, me serais-je sans doute
désintéressé de cette histoire si j'avais eu l'impression d'avoir affaire en quelque partie que ce soit
de ce récit (et ici en particulier) à un monstre ou à
des monstres.

*

Que Mlle Hortense aime Jacques, quoi de plus
naturel, me semble-t-il ? Je n'ai jamais été embarrassé par l'amour : je ne sais pas ce que c'est. Je
n'y vois rien de grandiose ; en tout cas, je n'y
voyais rien de grandiose jusqu'au moment où j'ai
été témoin de ce que je dirai par la suite. C'est
donc avec un esprit non prévenu et fort difficile à
tromper que j'ai fait passer sous mon lorgnon la
façon dont Mlle Hortense jouissait de Jacques.

Il paraît que l'amour est un don de soi. Des gens
qui semblent à première vue bien informés me
l'ont dit. S'il s'agit vraiment de cette opération, on
peut affirmer que Mlle Hortense n'aimait ni
Jacques ni personne. C'était l'être le plus purement incapable de se donner à qui que ce soit,

sauf à elle-même. Elle avait besoin de Jacques. Elle en avait besoin pour *brimer* le destin, comme les femmes ont besoin de fils pour *brimer* les maris et, à défaut de fils, font servir au même usage la religion et, d'une façon générale, tout ce qui peut leur *donner barre*.

L'égoïsme, dans son extrême pureté, a le visage même de l'amour. C'est pourquoi on dit que Mlle Hortense mourut d'amour et que sa mort a été inscrite au compte de Jacques. Il venait de lui annoncer l'intention où il était de se marier.

Elle essaya de courir après lui, qui fuyait un torrent de mots impossibles à entendre; roula dans l'escalier et se brisa les reins. Son dernier cri fut pour parler en hurlant de la garantie qu'elle avait donnée.

Jacques se maria tout de suite sans prendre aucun deuil. Il eut même un mot cruel. Il dit : « Elle n'était pas de la famille. »

Il épousait Joséphine, sa sœur de lait. Elle habitait chez un frère aîné, dans une petite ferme des environs du domaine. Il l'avait vue deux ou trois fois en allant y mener la nounou avec le dog-cart. C'était, chaque fois, par une très belle matinée de printemps, ou qui paraissait l'être.

La nounou aimait de tout son cœur sa fille cadette et disait : « Elle tient de moi. » Elle tenait aussi beaucoup de tout ce qu'on apprend dans ces fermes isolées. Joséphine avait longtemps gardé les moutons dans des soirs admirables.

Tout de suite, Jacques fut son dieu. Après la naissance de son premier enfant, Joséphine perdit sa fraîcheur. En réalité, il ne lui resta rien que son cœur, mais, celui-là, quelle merveille! Elle ne se soignait guère, ayant à peine assez de vingt-quatre heures pour soigner les autres. Mais rien ne pouvait altérer le rayonnement de son visage. Il était loin d'être beau, mais on ne pouvait s'empêcher de le regarder et de trouver du bonheur à le regarder. Sur lui, tout était paisible et bon; c'était un des rares visages sur lequel la loyauté, cependant inscrite clairement, n'était un reproche pour personne.

Dès la première visite de Jacques à sa petite ferme, comme on en avait fait une fête, très modeste mais bien franche, elle avait chanté au dessert, non pas comme on le fait d'habitude mais avec beaucoup d'âme. Et une voix très juste. À certaines façons de parler, depuis, et à certains remèdes qu'elle apportait au souci des autres on pouvait facilement comprendre qu'elle contenait un romantisme très riche composé de volupté de sacrifice. Ce sentiment des valeurs spirituelles se perfectionnait en elle chaque jour. Jacques, au plein du bonheur depuis son mariage, avait retrouvé tout à son aise son goût de la contemplation ct de l'immobilité. C'était pour le suivre partout que Joséphine se servait ainsi, et de mieux en mieux, du plus secret d'elle-même. Cela empêcha sa volonté de devenir bonasse. Son corps épais, sans aucun charme, on le savait soudain habité par ce que venait de dévoiler une de ces phrases comme seules peuvent en dire les très grandes dames au courant de la passion et, brusquement, on ne la voyait plus telle qu'elle était, ou plutôt, on la voyait alors telle qu'elle était, c'est-à-dire la femme la plus mystérieuse et la plus attachante qui soit !

Elle fut, comme il se doit, folle de son premier né : Jean. Le garçon, dès ses premiers pas, râblé et têtu, avait également la bonté d'âme de sa mère, mais sujet à la colère, et colère qui dépassait les rages d'enfants, il avait des accès de fureur qui le laissaient frémissant et honteux.

Jean avait six ans quand Joséphine eut un autre enfant, une fille : Julie.

C'est cette Julie que j'ai bien connue. À l'époque où se place la première enfance de Julie, j'étais, moi, un tout petit jeune homme avec déjà des soucis. J'avais classé les gens en deux catégories bien distinctes : ceux qui pouvaient me servir et ceux qui ne pouvaient pas me servir. Je ne m'occupais que des premiers. C'est tout juste si je connaissais du Moulin de Pologne ce que tout le monde en connaissait. Je ne m'intéressais pas du tout à cette petite fille de dix ans qui allait à l'école chez les sœurs de la Présentation.

Un après-midi, vers trois heures, je passais dans la ruelle qui borde les jardins de l'école et je vis sortir par la petite porte Joséphine qui, littéralement, *emportait* Julie. Le visage de la petite fille était mâchuré de larmes et de marques encore plus profondes et plus noires, comme s'il sortait de la gueule d'un loup. Je vis aussi le visage de Joséphine, — Mme de M... maintenant, somme toute. Il était fermé et résolu. Elle regardait droit devant elle sans rien voir.

Les choses avaient commencé quand Jean avait été mis à l'école. Nous étions à peu près du même âge. Je ne fus cependant son condisciple que pendant un an. Je fus obligé de gagner ma vie de bonne heure. J'ai dit quel était le caractère de ce petit garçon, sans parler de son courage. C'était celui du lion. Il ne calculait pas et affrontait n'importe quel adversaire. Dès que les garçons de l'école commencèrent à reprocher à Jean son nom et le destin qui y était attaché, il se jeta sur eux et leur imposa sa façon de régler les incidents de cette sorte. Je crois bien qu'une fois ou deux je fus personnellement de la partie. Je n'en ai pas gardé bon souvenir. Tout le monde se le tint pour dit.

Les enfants de nos écoles forment plus tard la société. Dans notre société, on n'oublie jamais les avanies et les défaites; on s'ingénie à s'en venger par des biais quand on a peur du face à face. Nous détestâmes le petit Jean de M... On lui trouva des surnoms désobligeants; on les inscrivait sur les murs. On l'appela *le mort*. Or, il n'était pas mort du tout. Il avait la tête en boule, le front bas et bombé de Joséphine, et sur les lèvres la moue de Coste, paraît-il, c'est-à-dire de quoi affronter pas mal de choses. Mais il était seul, et contre tous, ce qui, dans ces natures intransigeantes et sensibles à l'injustice, exaspère l'orgueil. Il fit payer durement à tous ce qu'il payait durement lui-même. Terrible pour sa bonté naturelle, cette nécessité le poussait au mal, sur une pente où rien ne pouvait l'arrêter.

Avec Julie, c'était tout à fait autre chose. On avait choyé ses premiers pas au Moulin de Pologne avec d'autant plus de folie qu'elle était de toute beauté. Elle avait réuni les traits de sa grand-mère Anaïs à travers son père, et le rayonnement de Joséphine. Je me souviens d'une adorable petite fille étonnée, avec de très grands yeux veloutés couleur de marron d'Inde, et d'étonnants cheveux, noirs comme du goudron. Je crois qu'elle faisait le paon avec un très grand plaisir, à quoi s'ajoutait surtout celui d'être agréable à tout le monde et de se faire aimer.

Elle alla aux sœurs de la Présentation comme à une fête, et en plus, hélas, habillée comme une princesse. Elle y fut accueillie par plus de cent fillettes très au courant de tout ce qui se passait chez les garçons à propos de Jean. On la toisa. Elle essaya de gagner par l'amour, puis par des mines, enfin, à bout de forces, par de petites lâchetés. Elle était trop la fille de sa mère et trop précoce pour ne pas souffrir de ce qu'elle était ainsi obligée de faire.

On l'appela aussi *la morte*. Mais, comme ici il s'agissait de femmes, on alla plus loin. Les grandes s'amusèrent à lui faire des avances. Elle n'en voyait pas le cocasse et s'y donnait tout de suite. On l'attirait alors dans un coin et on lui racontait l'histoire des Coste avec beaucoup d'embellissements. Les filles se délectaient de cette horreur où elles pouvaient enfin mettre du leur. Elles se faisaient peur à elles-mêmes. Julie leur fut vite indispensable. On ne joua plus ni à la marelle, ni à la balle, ni au saut à la corde. On joua à un jeu dix fois plus savoureux et qui s'adressait au secret : se faire peur et faire peur à Julie. Tout le plaisir était de terroriser *la morte* et de se terroriser avec elle.

Cet apprentissage de volupté devint rapidement

exigeant et trouva vite son intelligence. Les mots ne suffirent plus. À force de tout se passer en mots, le plaisir restait en suspens, on s'énervait à attendre l'essentiel. Il fallait aller plus loin. Quel bonheur de s'approcher coûte que coûte de ce paroxysme! Le jardin des Présentines où ces demoiselles prenaient ainsi leurs récréations devint un tel lieu de délices que les femmes qui en sont sorties (et que je connais bien) s'en souviennent encore avec du rêve dans la voix. Julie ne put plus s'asseoir que sur des bancs qui brusquement se renversaient, et ne marcher qu'en trébuchant sur des crocs-en-jambe. On fit éclater brusquement près de son oreille des sacs en papier; elle en eut des crises nerveuses de plus en plus graves que ces demoiselles contemplaient en secret. Enfin, il y eut un évanouissement si long qu'on ne put pas le dissimuler aux sœurs.

Joséphine retira sa fille de l'école.

Au Moulin de Pologne, Julie n'eut pas la paix. Le moindre bruit la faisait maintenant sursauter. Elle était devenue sournoise et se méfiait de tout le monde, même de son père dont elle fuyait les bras, et même de sa mère dont les mots simples cependant, et si savants dans leur simplicité, étaient pour elle désormais sans signification et sans rapport avec la réalité qu'elle connaissait. Un jour, sans penser à elle, on tira brusquement un coup de fusil sur des corbeaux qui volaient la viande des chenils. À la détonation, et comme si elle avait été atteinte elle-même en plein corps par la décharge, Julie tomba dans des convulsions qui durèrent trois jours et dont elle sortit louche.

La destruction de sa beauté, pour n'être que partielle, n'en fut que plus insupportable. D'un côté elle restait belle ; de l'autre, elle était horrible avec son gros œil chaviré et le coin de sa bouche tordu. Joséphine cajola inlassablement une sorte de statue de sel.

Elle resta fermée à tout jusqu'à quinze ans. Elle avait passé toutes ces années dans l'étonnement et la stupeur. Elle était poursuivie de bruits insupportables.

Son frère, alors un grand gaillard de vingt ans, à front de bœuf, une sorte d'Ajax[23], était à la fois plein d'amour et de fureur, sans la moindre trace de bonté. Au fond, Julie avait le même caractère que son frère, en tout cas le même courage. Il faut croire qu'à force d'avoir peur des bruits (et tout en continuant soigneusement à en avoir peur, c'est là, j'estime pour ma part, qu'il faut chercher l'origine de ce pouvoir mystérieux qu'elle eut ensuite sur les sons) elle finit par les aimer. Il lui arrivait quelquefois maintenant d'écouter l'aboiement des chiens. Elle portait toujours, noué autour de sa tête, un foulard qui lui couvrait les oreilles. C'est au travers de ce foulard qu'elle osa prendre contact avec ce qui l'effrayait le plus. Ce fut une période où, sans cesser d'être altérée d'elle-même, elle se préoccupa d'une certaine partie du monde.

Joséphine en fut prévenue tout de suite. Depuis le coup de fusil, elle ne perdait plus Julie du regard. Elle s'aperçut que, les jours de grand vent, sa fille aimait rester dans le couloir du premier étage. C'était un endroit sonore où les bruits prenaient un velouté extraordinaire. Joséphine avait un grand sens paysan, c'est-à-dire qu'elle allait droit aux choses sans aucun mélange. Elle avait très bien compris que sa fille pouvait perdre l'envie de se servir du monde suivant le mode habituel. Elle l'avait redouté pendant cinq ans. Elle savait de quoi étaient faits les idiots de village. Elle sut tout de suite qu'il ne fallait pas lésiner sur le choix des moyens. Elle fut frappée en constatant que Julie s'intéressait précisément à ce qui avait le plus durement frappé sa sensibilité.

Après qui sait combien de temps d'approches patientes, certainement effarouchées mais obstinées, Julie fut non seulement habituée aux bruits mais aguerrie. Comme le font toujours les êtres de qualité, elle était arrivée à employer les éléments qui la combattaient, à l'enchantement de sa vie.

Elle commença à chanter. Dans la maison silencieuse du plein été on entendait une voix contenue, mais pure et très souple, qui vocalisait lentement, passant d'une note à l'autre avec prudence.

Il se trouva qu'il y avait en ville une sœur (pas très bien notée, d'ailleurs) qui tenait les orgues d'une façon magistrale.

Je peux dire que je suis nul en musique. Elle ne m'apporte rien. Je suis d'autant plus libre pour attirer l'attention sur le fait que certaines improvisations de cette sœur musicienne coloraient parfois les messes d'un rouge infernal (d'après M. de K...; conversation de salon). C'est le professeur que Joséphine donna à sa fille.

Julie devint un ogre de musique. Elle s'empara des instruments avec une telle fureur, paraît-il (c'est la suite de la conversation de salon), que sœur Séraphine devait souvent se cacher le visage dans les mains. Mme R... prétend que c'est parce qu'elle se sentait alors dévoilée et donc honteuse (peut-être même ravie, ajoute-t-elle), cette façon de jouir étant aussi dans son âme. Mais Julie n'était contenue par aucune règle; elle émergeait de ténèbres trop profondes pour pouvoir croire à autre chose qu'à sa joie. Dès que son instinct lui faisait pressentir un moyen d'augmenter son plaisir, elle l'employait avec une ardeur sauvage, sans retenue.

Portée par une telle passion, Julie sut rapidement, non pas se servir des orgues, mais les dominer. Son père lui acheta un piano. Elle resta enfermée avec lui pendant plus de six mois. Mais elle se servait surtout de sa voix. Maintenant, travaillée et très soigneusement placée par sœur Séraphine, cette voix, dit-on, faisait *fuir le sang* (je cite mes auteurs : Mme T... *dixit*).

Il y eut une certaine messe de Pâques dont on parle encore (à mots couverts, je ne sais pourquoi) où Julie chanta des chants dits « appropriés » : un *Alléluia* ou un *In dulcis jubilo*[24]; un *Chantez maintenant et soyez gais; Je m'en vais en paix et joie; Du ciel vient la foule des anges*; enfin, des thèmes de tout repos et bien éprouvés. On ne pouvait reprocher que l'utilisation à ces fins d'un instrument comme cette voix. Il y eut un scandale; étouffé, comme il se doit, rumeurs et visages indignés tournés brusquement vers la galerie. Sœur Séraphine eut sur les doigts; on ne pouvait imaginer que cela s'était fait sans son assentiment. Elle en convint d'ailleurs, très calmement. Trop calmement, au gré de tout le monde.

Il ne fallait pas traiter ce scandale à la légère et imaginer qu'il était simplement le fait d'âmes paisibles, dérangées dans leur dévotion. Nous sommes des chrétiens, bien sûr, mais il ne faut jamais trop demander à personne. Notre âme a été neuve (plus ou moins longtemps selon les tempéraments), elle a servi de miroir aux forêts et au ciel; elle a joué familièrement avec l'inconnaissable. Mais, nous avons dû rapidement nous rendre compte que ces reflets et ces jeux ne nous servaient à rien pour acquérir, conserver ou améliorer notre position sociale. Or, c'est elle qui fait bouillir notre marmite.

À partir de ce moment-là, on s'organisa sérieusement contre Julie. On ne se mit pas, tout au moins ouvertement, à faire des allusions désobligeantes à son œil blanc et à sa joue mâchurée. On jugeait cette façon de procéder inélégante et surtout inefficace, et qui ne touchait pas au vif. On critiqua très sévèrement son chant qu'on appela *des cris*. L'émotion contre laquelle il fallait *se gendarmer* et l'admiration forcée firent trouver et prononcer des phrases fort méchantes.

Je participais à la chose plus par politique que par passion personnelle. Je dois avouer que nous en fûmes pour notre courte honte. Julie semblait vivre dans un monde où pas plus nous que nos phrases avions accès. Elle continua imperturbablement à faire ses propres délices d'elle-même. Elle était, d'autre part, si parfaitement belle de corps et *d'un côté de son visage*, que la solitude dans laquelle nous nous imaginions la tenir était une insulte pour nous.

C'étaient déjà d'excellentes raisons pour haïr Julie. Il y en avait d'autres. J'ai dit que notre promenade de Bellevue surplombe le Moulin de Pologne de telle façon que, si on le voulait, on pourrait cracher sur les toits. Souvent, le soir, on voyait des groupes ou des silhouettes solitaires se glisser sous l'ombre des ormeaux et venir s'accouder aux remparts pour écouter Julie qui chantait, en bas, toutes fenêtres ouvertes. Tout *blindé* que je sois, avec le recul de l'âge et de l'expérience, je m'aperçois maintenant que cette voix était un prodigieux appareil de séduction.

Si je disais qui j'ai vu, là, sous les ormeaux, en pleine nuit, immobiles, muets, en train d'écouter avec passion !... Des gens qu'un coup de canon n'aurait pas tirés de chez eux, qui avaient fait litière de leur salut éternel pour avoir le droit de *posséder !*... et qui venaient, dans l'ombre, comme des voleurs (qu'ils étaient), sans vergogne pour le rang où ils s'étaient hissés, s'accouder au rempart à côté d'autres ombres en peine ! Si je disais qui j'ai vu, ainsi subjugués, je ferais comprendre les autres raisons que nous avions tous de haïr et de brocarder cette jeune fille.

C'est pourquoi nous fûmes soulagés quand Jacques de M... mourut. Ainsi, elle allait se taire. Nous avions au moins cette ressource. Tout le monde trouva le destin des Coste bien rassurant.

Jacques de M... mourut brusquement, sans préavis, un matin au clair soleil, en faisant un simple pas. Il traversait la cour pour se rendre aux chenils quand il s'abattit d'une pièce, face contre terre. Il avait quarante-deux ans. Il fit un pas et fut mort.

Joséphine traîna deux mois, hors de sens, n'ayant plus que les yeux de vivants, s'efforçant de les fermer. À quoi elle finit par arriver, un soir, avec un grand soupir.

J'ai tout à l'heure comparé Julie à Jean, son frère. Sans avoir la pénétration intéressée de Mme T... ou de Mme R..., je dis que Jean était en quelque sorte un musicien : un musicien de la fureur. Ses colères, *inspirées*, étaient semblables à la voix de Julie qui montait sans effort et se tenait sans fin à des hauteurs où la passion tient lieu d'univers pur. Il était construit, lui aussi, pour vivre dans le vertige. Les assauts furieux qu'il menait contre tout, et le vent, étaient aussi séduisants, aussi attirants que la voix de Julie. Il était beau et d'une noirceur lumineuse. Les femmes l'aimaient. Il se précipitait en elles comme à des vengeances et détruisait tout : l'amour et lui-même. Il mena les affaires et la vie ordinaire avec cette vigueur démesurée. Mais on ne peut posséder à la hussarde, ni de compte en banque, ni la soupe. La flambée dura un an dans des herbes, des forêts, des collines et des ciels pourpres. Le Moulin de Pologne volait en lambeaux ; et les cœurs ; et la sauvage tendresse de Jean. Il dévalait dans les chemins et les champs et dans les jardins secrets de notre ville, traînant, accrochées à lui, des grappes d'huissiers et de jaloux, comme un sanglier traîne les chiens qui ont mordu dans son cuir.

Sa mort fut bien accueillie par tout le monde. On le trouva étendu dans un bosquet de genêts, défiguré par un coup de feu qui avait dû être tiré presque à bout portant. Seuls étaient intacts son menton, toujours volontaire, et sa bouche maintenant paisible et légèrement ironique sous la bouillie de sang, de cervelle et d'os.

Les hommes de loi s'occupèrent du Moulin de Pologne. Avec Julie, ils avaient trouvé à qui parler, ou plus exactement, à qui ne pas parler. Elle les entretint d'un monde bleu où ils n'avaient que faire. Suivant qu'elle leur montrait le bon ou le mauvais côté de son visage, ils étaient enclins à diminuer ou à augmenter leurs pourcentages. Finalement, ils les augmentèrent; ils étaient trop tentés par cette eau trouble autour de biens sans défense. Toutefois, malgré leurs fortes gueules, le morceau était trop gros, et la flambée de Jean avait été trop rapide : ils furent obligés, par la force des choses, de laisser la carcasse et même pas mal de viande autour.

Julie eut plusieurs rendez-vous avec le notaire qui avait les rentes des de M... en dépôt. C'est lui qui, tout de suite après la première entrevue, me donna son opinion sur Julie.

« Absolument incapable de s'occuper d'elle-même, me dit-il. Enfin, de s'en occuper comme vous, moi ou n'importe quelle personne raisonnable s'occupe de soi-même. Elle a des trous. Ce qui nous vient tout naturellement à l'idée ne lui vient jamais à elle. »

Je demandai s'il lui restait de quoi vivre.

« Question d'argent, oui, me répondit-il. Maintenant que le grand-père est mort, elle n'a plus la charge de l'asile. Reste la succession du grand-oncle qui ne sera ouverte que dans cinq ans, je vous l'accorde. Les affaires de Paris se sont soldées par profits et pertes, mais Jean n'a pas fait tant de dettes que ça. Une fois tout réglé, avec ce qui restera sur le grand-livre[25], elle n'aura pas loin de cinq cents louis de revenus. C'est plus qu'il ne lui en faut. »

Il avait l'air d'être surtout bouleversé par des sentiments extra-notariaux.

« Il y a une chose qui lui conviendrait parfaitement, me dit-il : c'est l'asile. Son grand-père a fini sa vie chez les fous ; c'est là qu'elle devrait faire la sienne. Entourons la chose de fleurs tant que vous voudrez, mais voilà le fond de ma pensée. »

Cet homme aimait faire des phrases, surtout devant un jeune homme qui *promettait* (et dont il avait besoin) mais, ce qu'il faut bien comprendre, c'est que nous ne la traitions pas sur un pied exceptionnel. Le mal que nous lui avons fait, nous l'aurions fait à n'importe qui, et nous n'en sommes pas responsables. Il ne faut pas nous juger à la légère et nous jeter la pierre avant de connaître le pourquoi de notre façon de faire. L'essentiel n'est pas de vivre : c'est d'avoir une raison de vivre. Et cela n'est pas facile à trouver. Je sais bien qu'il y a des gens qui ont toujours *la grandeur à la bouche*, encore faut-il, pour trouver une raison de vivre dans la grandeur, avoir les éléments de cette grandeur en soi ou autour de soi. En nous-même, il est impossible qu'il y en ait. Et je vais vous dire très simplement pourquoi. Tout notre temps est pris par la recherche du nécessaire matériel. Plus que tout le monde, mais disons, si vous le préférez, comme tout le monde, il nous faut manger avant d'être vertueux. Neuf fois sur dix nous constatons que, pour nous emplir la bouche, il faut vider celle du voisin. À ce régime, celui qui porterait en lui les éléments de la grandeur crèverait, la bouche vide, comme doivent mourir les plus faibles. Aussi bien ceux d'entre nous (et il y en a, hélas!) qui ont été dotés de certains éléments de grandeur s'empressent de s'en débarrasser, sinon ce serait un suicide. D'instinct, on va aux choses capables de nous conserver la vie. C'est ce que nous faisons. C'est pourquoi, en nous comme autour de nous, tout est petit. Et je vous garantis que, de cette façon, le monde va. Il n'a qu'un défaut, ce monde-là : manger n'est pas une raison de vivre suffisante, puisque la faim s'assouvit. Il faut trouver une raison qui ne s'assouvisse pas et se renouvelle. Voilà le secret de ce que des esprits trop indulgents pour eux-mêmes appellent notre cruauté.

Nous sommes humbles par nécessité; nos joies sont modestes. Nous sommes les premiers à le regretter et à les désirer plus riches, mais il faudrait y consacrer du temps et des efforts coûteux. Celui qui a la chance de pouvoir aimer, qui peut saigner et souffrir sans regret, n'a pas le droit de nous reprocher la joie que nous éprouvons à haïr quand c'est *la seule* qui soit (ou qui reste) à la portée de notre cœur. Après tout, nous donnons parfois à nos victimes des gloires qui nous sont refusées.

C'est ainsi que nous avons *utilisé* Julie. Qu'aurions-nous pu faire d'autre de cette fille? Elle n'avait qu'une moitié de beauté et cette moitié avait plus de pouvoir qu'il n'était possible d'en supporter. Au surplus, Julie prêtait le flanc avec une bonne grâce qui pouvait laisser supposer en elle cette complicité du partenaire, indispensable au bon assouvissement des passions humaines. Sommes-nous jamais sûrs de ne pas procurer à nos victimes, en plus des gloires dont je viens de parler, des joies dont nous ne pouvons pas avoir idée ?

Julie vieillissait. Elle atteignait maintenant presque la trentaine. Son visage, même du beau côté (qui cependant n'y avait rien perdu) s'était obscurci et fermé. Par contre, son corps s'était épanoui et semblait lui donner de violents soucis. Elle avait, pour ce corps qui s'était mis à compter, des attentions déraisonnables. Elle l'habillait de vieilles dentelles de famille, de mousselines, d'oripeaux de couleurs vives. Elle en jouait comme elle pouvait, en attendant mieux. Pour des esprits de notre trempe, il y avait dans cet état matière à procès sans chercher midi à quatorze heures. Quand il s'agit de femmes, nous aimons beaucoup tout ce qui se rapporte au tempérament. Le travail de notre plaisir se fait dans cette matière sans effort. Elle n'était protégée que par son œil blanc. Combien de fois n'avons-nous pas regretté cet accident de jeunesse qui nous privait d'une de ces conclusions en feu d'artifice que nous aimons tant. Nous enragions de voir de si bonne poudre se perdre en de longs feux.

Elle continuait à nous saluer fort bas chaque fois qu'elle nous rencontrait. Maintenant, quand elle nous voyait venir, elle se rangeait au bord du trottoir et se courbait très humblement sur notre passage. Tous les commerçants se mettaient sur le seuil des boutiques pour contempler ce délicieux spectacle. Nous lui avions enfin appris la politesse. Elle avait, malheureusement pour elle, des lèvres charmantes du bon côté, et son sourire triste qui s'accordait avec la déformation de sa bouche était plus lumineux que celui de n'importe qui. Elle perdait le peu de sens qu'elle avait encore. Il n'était plus question pour elle de mettre une mesure quelconque dans quoi que ce soit. Elle semblait passer son temps dans nos rues et nos chemins à guetter notre passage pour se courber et s'humilier devant nous. Cela finissait par nous atteindre en contrecoup. Elle avait dans ses entreprises particulières l'implacable audace de son frère Jean. Elle poudra son visage d'une poudre de riz très épaisse, toute blanche, et fut la première de toute la région à se peindre fortement les lèvres en rouge. Elle frisait ses cheveux « *à la mouton* » et les remplissait de rubans. Je crois qu'une sorte de malice lui faisait choisir ce qui pouvait le mieux nous hérisser. Elle n'avait plus aucun autre rapport, non seulement avec nous, mais avec le siècle. Elle était comme le fragment détaché d'une planète autre que la terre; une comète qui tournait autour de nous en nous ébahissant. Nous la détestions maintenant pour des raisons beaucoup plus éminentes. Pour tout dire, nous souhaitions du fond du cœur la voir disparaître en charbon dans les ténèbres.

C'est ainsi qu'on arriva à cette nuit que j'ai appelée la nuit du scandale. Je vais enfin pouvoir en parler. Pour l'instant, j'ajouterai seulement qu'il advint une chose si inattendue, l'impression produite en ville fut tellement étrange qu'aujourd'hui encore, après cependant tant d'années, le souvenir de cette nuit où tout alla à l'encontre de l'espérance générale reste gravé dans toutes les mémoires.

III

Herba voglio non existe ne anche nel giardino del re[26].

L'anonyme piémontais.

Au milieu de chaque hiver nous nous consacrons à la fraternité. Nos sociétés musicales, de secours mutuels, pompiers, dames de la sainte parole, toutes les entreprises de bonnes œuvres que nous avons créées pour notre distraction, et même pour le bien commun, réunissent leurs adhérents (c'est-à-dire toute la ville) en un bal fraternel. Cela se place toujours bien avant le carnaval. L'époque du carnaval manque de sérieux. Les masques, les déguisements permettent des fantaisies douteuses qui (on s'en est mordu les doigts une fois) vont à l'encontre de ce que l'on désire faire avec ce bal : c'est-à-dire la réunion amicale de tout le monde. Il y a toujours des esprits portés au mal que ces magnifiques vertus de concorde et de fraternité laissent froids. La fois à laquelle je viens de faire allusion et où l'on avait placé le bal en plein carnaval, certaines personnes avaient cru spirituel de se faire des têtes caricaturales et même obscènes représentant des personnes de notre meilleur monde qui étaient là, d'ailleurs, je dois le dire, déguisées elles-mêmes en grotesque ressemblance d'autres personnages qu'elles détestaient. Chacun pouvait ainsi voir ses propres cornes sur la tête de son voisin. C'est très désagréable. L'étalage de ces sentiments intimes est tout le contraire de ce que nous nous efforçons de réaliser avec *le bal de l'amitié*. On en fixa donc la date une fois pour toutes dans la deuxième quinzaine de janvier; jamais plus tard. Cette fois, c'était le 18.

On avait changé deux fois la date cette année-là. J'estime que ce sont des détails à connaître pour bien se pénétrer du caractère véritable de la cérémonie. Primitivement fixée au 15, on repoussa la nuit de l'amitié jusqu'au 17. La couturière des *dames* n'était pas prête. Rien n'est plus agréable que de savoir quelqu'un aux prises avec des difficultés insurmontables, surtout si l'on y voit du travail gâché, de l'argent perdu et des crises de nerfs. On avait tout ça avec la couturière. Cela faisait partie du plaisir que le bal donnait ainsi pendant plus de trois semaines. Les prétextes étaient excellents. Il était facile de répondre que, ni l'orphéon, ni la musique municipale, ni les pompiers ni tout le reste ne pouvaient être suspendus à une machine à coudre. On ne s'en priva pas. Mais, les robes de Mme de K..., de Mme de R..., de la petite M..., des demoiselles T... étaient suspendues à la machine à coudre. Si toutes ces dames n'avaient pas dû précisément se recouvrir de la tête aux pieds avec le taffetas, le satin, la soie, les merveilles de cette machine à coudre, elles se seraient elles-mêmes fort réjouies de l'aventure, mais il s'agissait de leur propre toilette et la toilette est sacrée. Ces dames avaient des pouvoirs très étendus. Malgré la cabale, elles triomphèrent. Le comité résista juste ce qu'il fallait pour faire porter le recul d'un jour à son crédit.

Mais, nouvelle histoire : il y avait la couturière du grand monde et il y avait la couturière du petit monde. Cette dernière voulut avoir sa satisfaction d'amour-propre. Avec celle-là, on n'allait pas prendre des gants ; on lui opposa une fin de non-recevoir cavalière et catégorique. Là-dessus, une de nos *têtes* fit remarquer une petite chose :

« On allait bien faire, comme d'habitude, une tombola au milieu du bal ? — Certes oui, vous savez bien que c'est le plus important. Il est surtout question de ramasser des fonds. — C'est là-dessus que j'attire votre attention, dit la *tête*. Le petit monde est du petit monde, je vous l'accorde, mais il fait nombre et, de plus, il prend cinq à six billets à la tombola. » La *tête* répéta plusieurs fois le mot « nombre ». C'était inutile : on avait compris. Officiellement, on se refusa à changer la date. On annonça simplement, avec la désinvolture voulue, que pour des raisons techniques (c'est un mot que nous commencions à aimer) le bal aurait lieu le 18. Sans plus. Et qu'on se le tienne pour dit, cette fois.

On ne peut pas se faire une idée exacte de la fièvre qui précède notre *bal de l'amitié*. On expose les lots de la tombola dans les vitrines des commerçants. Auparavant, il y a eu tout un accroissement d'allées et venues de groupes de garçons et de jeunes filles qui vont de porte en porte et de boutique en boutique quêter les dons pour cette tombola. Car, il faut le dire, cette cérémonie ne vit que de générosités. Les quêteurs et les quêteuses s'habillent du dimanche en pleine semaine et ils déploient beaucoup de zèle. On les fait entrer dans les galetas, dans les pièces de débarras ; ce ne sont pas des lieux où il est agréable de traîner des vêtements du dimanche. (Il y a ainsi mille sacrifices obscurs autour de notre généreuse entreprise.) C'est très réconfortant.

Cette fois-là, on pouvait contempler les vitrines d'exposition et se dire que jamais les choses n'étaient allées aussi loin. C'était un succès complet. On se pressait sur les trottoirs, on s'arrachait à regret à la contemplation et seulement parce que, plus loin, d'autres objets exposés sollicitaient encore l'attention.

On décorait aussi le Casino municipal. C'est difficile, car il n'est pas bien placé. Il est de biais à côté des Abattoirs, dans une petite rue excentrique. L'été, avec les issues de sang et de viscères qui coulent dans le ruisseau, ce quartier sent mauvais, mais en janvier c'est très supportable. Le biais de la façade est beaucoup plus gênant. On ne peut vraiment pas, sur cette surface, accomplir les miracles de décoration qu'on voudrait. On finit malgré tout par réaliser quelque chose avec des banderoles de buis tressé et des lanternes vénitiennes.

Mais par contre, à l'intérieur du Casino, on fait de grandes choses. C'est très vaste. C'est un ancien entrepôt de grains que les Domaines ont cédé à la ville pour une bouchée de pain. On l'a aménagé sur le modèle de la Scala de Milan ; plus petit, évidemment. Le rideau est une splendeur ; il a été offert par l'artificier qui fournit notre fête patronale en soleils et pièces à feu. Il représente une scène mythologique bien traitée. On a tout joué dans ce théâtre : *Les Cloches de Corneville, La Mascotte*[27], etc.

L'après-midi du 18 janvier, il y eut dans les rues une animation extraordinaire. Le temps s'était adouci et il pleuvait. Malgré la pluie, un défilé ininterrompu passait devant les boutiques où étaient exposés les lots. On remarqua Julie qui se glissait parmi les groupes et regardait avidement les vitrines. Elle jouait des coudes tant qu'elle n'était pas au premier rang, collait son nez à la vitre et, les mains en œillères, se perdait en contemplation.

C'était vraiment, comme je l'ai dit, la collecte la plus riche qu'on n'ait jamais faite. Mlle Meillan (j'ose dire son nom) avait enfin donné son fameux lampadaire (après l'avoir refusé trois années de suite). Je ne sais pourquoi tout le monde s'était déboutonné. Je remarquai moi-même un bocal à ludion dont, malgré toute ma connaissance de la ville, je ne pus imaginer la provenance. (Je sus après coup qu'il avait été donné par la receveuse des postes.) J'aime ce petit jeu paisible. J'avais très envie de cet objet-là.

Mais Julie semblait chercher vainement. Je la vis passer à côté de moi et filer vers la vitrine des Magasins Réunis. Je la suivis et pris intérêt à son manège. Elle était très excitée. Elle s'attarda devant toutes les expositions, sans souci de personne. Enfin, dans la foule je perdis de vue son béret vert et sa cape brune.

Je m'attardai. J'ai beaucoup de goût pour la pluie, surtout l'hiver et au crépuscule. Je rencontrai l'appariteur. Il était très ennuyé. Les illuminations du soir étaient fichues. Les lanternes vénitiennes dégoulinantes d'eau s'arrachaient des fils de fer. Il allait ramasser les chandelles. Le maire était, paraît-il, dans tous ses états. Le bal avait pour lui une grande importance politique. Il aimait trôner à la porte, dans la lumière des lampions.

Pour ma part, je raffolais de la boue le soir d'un bal. Je suis très mauvais danseur. Les toilettes souillées et les semelles humides me donnent de l'avantage.

Je rencontrai M. de K... qui flânait comme moi sous son parapluie.

« Alors, me dit-il, est-ce que notre homme viendra cette fois ? »

Je me contentai de sourire finement.

« Ne soyez pas si sûr, me répondit la *tête* ; il pourrait y venir en service commandé ; commandé par sa conscience, bien entendu. »

Il se réjouit avec moi de la catastrophe des lanternes vénitiennes.

« Mme de K... a trouvé, me dit-il, une combinaison charmante. Elle va faire comme Cendrillon, elle va arriver au bal en pantoufles. Non, je me trompe, ce n'est pas en Cendrillon, c'est le contraire. Enfin, elle portera ses souliers sous le bras, dans une boîte. Elle se chaussera au sec. Je dirai à Michel de raser le trottoir avec la voiture. Vous ne trouvez pas que c'est charmant ? »

Je le trouvai en effet.

Ceci me donna l'idée, en quittant M. de K..., d'aller faire un petit tour du côté des fameuses couturières. La pluie avait dû plonger tout ce monde-là dans un désespoir fort cocasse. Il fallait voir ça.

On ne voyait pas grand-chose. Les ateliers étaient illuminés avec les grosses lampes à pétrole, et toutes ces demoiselles tiraient l'aiguille, fort sagement, semblait-il.

Je n'avais plus qu'à rentrer chez moi. Le feu de ma cheminée n'était pas éteint. Il me suffit de déposer artistement quelques brindilles pour qu'il reprenne. Je sais très bien faire le feu. Il paraît que c'est l'apanage des amoureux et des poètes. Je fis chauffer ma petite tambouille de célibataire. Je ne mangeais déjà pas beaucoup le soir. Je mis de l'eau à bouillir pour mon œuf à la cuiller[28] et, en attendant, je me payai le luxe d'un quart d'heure de repos, les pieds sur les chenets. Je n'ai jamais fumé, mais j'aime la vue des flammes et l'odeur de la braise.

Je pris mon repas bien au chaud en le faisant traîner. Je ne suis pas de ces hommes seuls qui se dépêchent. Mon état m'a toujours plu. Il n'y a jamais eu aucune raison pour que je me hâte. Mes plus grandes joies, je les ai toutes eues dans ces lenteurs.

Après quoi, je songeai à la cérémonie où il me fallait paraître.

J'avais sorti et brossé mon costume noir. Ma chemise empesée, mes cols et mes manchettes étaient venus de chez la blanchisseuse à quatre heures de l'après-midi.

J'allai relever le rideau pour voir s'il pleuvait toujours. Il pleuvait toujours. Il y avait déjà quelques attelages en route. Ils passèrent luisants de pluie. Ce devaient être des louages qui faisaient le tour de quatre ou cinq maisons pour charger de la clientèle. Il ne me fut pas possible de mettre un nom sur les cochers.

La place Notre-Dame sur laquelle ma fenêtre donnait est évidemment assez éloignée de la rue de l'Abattoir (on aurait bien dû changer le nom) où se trouve le Casino. Mais ces attelages signifiaient que, dans presque chaque maison de la ville, il y avait, toutes proportions gardées, l'agitation qu'il y avait dans mon appartement. Je n'avais pas l'habitude de passer du beurre sur mes souliers vernis chaque soir. De l'autre côté de la place, toutes les fenêtres laissaient passer de la lumière par le joint des rideaux.

Il était dix heures moins le quart lorsque, fin prêt, je mis mon manteau. Il pleuvait toujours. Je pensai à Mme de K... Malgré mon parapluie, je me coiffai de ma casquette à oreillettes et enveloppai mon petit gibus dans un papier journal pour le porter sous le mantelet de mon mackintosh[29].

J'avais à peine fait quelques pas sur le trottoir que je fus dépassé par un attelage qui fit encore deux ou trois tours de roue et s'arrêta. Je reconnus Michel sur le siège du cocher en même temps que M. de K..., passant la tête par la portière, m'interpellait.

« Il me semblait bien que c'était vous, dit-il. Montez donc. »

Et il abaissa le marchepied. La voiture sentait très fortement la violette. J'essayai de me caser en faisant beaucoup d'excuses, car mon manteau était mouillé, et je voyais dans l'ombre briller des soies et des fourrures grises.

« J'ai regardé votre fenêtre en passant, dit M. de K... Elle était éteinte. Cela m'a étonné, étant donné l'heure. Vous n'êtes pas homme à commettre la maladresse d'arriver en avance. Mon intention était de vous appeler. »

Je le remerciai et me tins sur mes gardes. Il n'y a pas d'amabilités gratuites.

Nous rencontrions maintenant des quantités de gens qui se rendaient au Casino. Ils avaient l'air d'être trempés comme des soupes, mais ils s'obstinaient et paraissaient même joyeux.

Nous nous attendions à trouver la rue de l'Abattoir en pleine obscurité ou à peu près. Ce n'était pas le cas. Les de R... et les de S... avaient imaginé la déroute des lanternes vénitiennes et n'avaient pu supporter l'idée de débarquer dans l'ombre. Ils avaient fourré dans les mains de trois ou quatre garçons de ferme quelques-unes de ces torches de lavande raisinées qu'on réserve pour la Saint-Jean et, quand nous tournâmes le coin de la rue, toutes ces dames et demoiselles étaient en train de débarquer au perron dans les flammes et l'encens.

« Que d'esbroufe », dit M. de K..., qui devait penser à la boîte dans laquelle Mme de K... portait ses souliers.

Le spectacle était cependant assez extraordinaire. Il avait attiré une foule considérable sur le péristyle, et même les gens se pressaient sur les marches du grand escalier. Les de R... et les de S... faisaient une entrée triomphale. Au moment où notre voiture pénétrait au pas dans la rue de l'Abattoir, où Michel essayait de passer à travers une sorte de cohue de parapluies, de l'autre extrémité de la rue déboucha l'attelage bien connu des de L... Les six petites mules grises agitant leurs clochettes se frayèrent passage plus facilement que nous. Ceux-là aussi avaient des porteurs de torches. Si ces dames ne s'étaient pas donné le mot, elles s'étaient bien espionnées.

« Vous êtes toujours le dernier informé », dit aigrement Mme de K... en faisant claquer ses bracelets.

M. de K... frappa du poing à la vitre pour alerter Michel.

« Pressons, pressons », dit-il. Et à moi : « Nous allons arriver en même temps que les de L... Nous profiterons de leurs lanternes. »

En effet, mais la foule embarrassait le trottoir. M. de K... criait au cocher :

« Rasez, rasez ! »

Enfin, il apostropha carrément les gens qui embarrassaient l'entrée.

« Allez-vous-en, mesdemoiselles, enfin, allez-vous-en ! »

On nous obéit et nous pûmes débarquer à la lueur des flambeaux.

M. de K... se sépara de moi sans me serrer la main. J'avais d'ailleurs moi-même le souci de placer mon parapluie dans un endroit sûr.

Les danses devaient avoir commencé depuis un certain temps. On jouait une valse. Il ne restait que de toutes jeunes filles dans les couloirs. Elles étaient radieuses avec des teints éclatants et faisaient voler autour d'elles des regards excités comme si tout leur appartenait. Elles parlaient toutes à la fois, sans s'écouter mutuellement et gesticulaient avec une vivacité et une volubilité excessives où tombaient brusquement des silences, des immobilités de biches entendant le cor.

J'allai au buffet où l'on servait de la bière et de la limonade à des hommes de cinquante ans déjà ennuyés, et je confiai mon parapluie au patron. C'était un homme de sens à qui j'avais rendu des services.

Je fus surpris. La salle était magnifique. On avait utilisé des lampes Carcel[30] et la lumière la plus vive inondait même les deuxièmes galeries. Le maire avait réussi, c'est le cas de le dire, un coup d'éclat. Les années précédentes, les galeries supérieures restaient toujours dans l'ombre et toutes les occupantes passaient dans *l'opposition*. Les lampes Carcel faisaient gagner au moins vingt voix à notre premier magistrat.

Le *petit monde* dont les individualités montantes avaient installé bien en vue leurs femmes et leurs filles sur le devant de ces deuxièmes galeries inondées maintenant de lumière, montrait des soies, des moires et des satins aussi chers et aussi bien travaillés que ceux des premières galeries et, en plus, des visages en lune que j'aime : naïfs et rougeauds, figés dans un quant-à-soi un peu apeuré, mais qui prenait audace dans des corps robustes, pour la plupart assez bien faits.

Certes, notre beau monde avait néanmoins la palme. Il y avait là un brio à quoi les autres ne pouvaient pas prétendre. Les sourires n'y étaient pas instantanés mais duraient comme le soleil d'un beau jour dans des ovales bien émaillés, des joues romantiques, des yeux cernés par les ténèbres des plus belles passions. Il y avait là une science parfaite, une connaissance héréditaire des tenants et des aboutissants, une aisance à réussir les choses du premier coup qui, dans ce travail comme dans tous les autres, exige une longue pratique.

J'étais au parterre, en lisière de l'avancée des loges, et tous ces manèges se passaient à hauteur de mon œil. Les mouvements de robes m'encensaient, littéralement.

Au bal lui-même, je n'entendais rien. J'avais une méthode bien simple chaque fois. L'important était qu'on me voie; même pas : qu'on m'aperçoive, plutôt. Je prenais donc soin, d'ordinaire, de participer avant la tombola à une ou deux contredanses (des polkas de préférence); après le tirage des lots, j'avais fait mon devoir, on m'avait vu, j'étais libre, j'allais me coucher.

Pour m'en tenir à ces bons principes qui donnaient d'excellents résultats, je cherchai une *petite fille* sans importance. Ce fut Alphonsine M..., la fille de « Cuirs et crépins[31] ». Impossible de tirer la moindre conclusion de notre conjonction provisoire. Elle n'était ni rentée, ni attirante. C'était sans danger d'aucune sorte.

Je danse mal, mais je suis arrivé à danser la polka sans y penser. La polka n'est pas une danse de *grand monde*, cependant, tout en sautillant, je passai trois fois à côté de Mme B... qui sautillait aussi avec le petit ingénieur des Ponts et Chaussées. Je leur trouvai à tous deux l'air bizarre. Ils semblaient être perdus dans les bois, très effrayés et surtout préoccupés l'un de l'autre.

Je reconduisis Alphonsine à sa mère avec des ronds de jambe parfaits. Dans ce milieu de petits commerçants arrivés qui tapissaient les alentours du parterre, on papotait avec aisance et avec aigreur, malgré le brouhaha et l'orchestre. On ne me fit que des sourires *à l'élastique*. C'est que je faisais partie de la société musicale dite de *l'Orphéon*, et que tout ce monde faisait partie de la société musicale dite de *la Musique municipale*. J'avais adhéré naturellement au premier groupe où étaient agglomérés les nobles et les gens en vue de la ville. Les *libéraux* qui étaient du deuxième groupe auraient dû comprendre que mon choix s'imposait.

J'allai récolter quelques sourires plus appuyés du côté de mes coreligionnaires. Je ne veux pas parler des « de quelque chose », même pas des de K... Je savais très bien combien valait l'aune de leurs amabilités, mais il y avait des quantités de subalternes qui avaient adhéré à l'Orphéon pour des questions de gagne-pain. On les avait employés ce soir-là à diverses besognes honorifiques et gratuites, soit à l'orchestre (qui était alternativement de l'Orphéon puis de la Musique municipale), soit à la police aimable qui devait régner partout. Ils portaient, pour notre clan, des brassards bouton d'or.

Comme je viens de le dire, l'orchestre était tantôt composé des musiciens de l'Orphéon, tantôt des musiciens de la Municipale. Les uns cédaient la place aux autres après chaque quadrille. Cela donnait une animation très particulière au *bal de l'amitié*.

Nous employions plus particulièrement les cuivres, nous (nous étions une *fanfare*). Nous avions des pistons, des bugles, des trombones et même des cors qui faisaient un appel fort émouvant au début de chaque série de danses. La Municipale (qui était une *musique*) employait à la fois des cuivres (moins habiles que les nôtres) et des bois : clarinettes, flûtes, hautbois.

Dès qu'on entendait les cors, on voyait s'agiter les premières galeries de loges. Toutes ces dames se dressaient. C'était un flot de soies et de moires et de scintillements de bijoux qui descendait l'escalier. Les grands cygnes s'appliquaient contre les hannetons en habits noirs et notre galère commençait à voguer.

Dès que le hautbois ou la flûte lançaient leurs roulades, c'était un tohu-bohu dans les dernières galeries ; tout ça dévalait à la course et envahissait le parterre ; parfois même en poussant des cris.

Mais les choses n'étaient pas aussi tranchées que je le dis, et chaque fois des transfuges ou des hardis pénétraient dans le camp adverse.

Je fis un petit tour dans les couloirs circulaires. J'y trouvai une animation que ne justifiaient pas ces petits scandales habituels ; d'autant qu'à en juger par les visages, tous épanouis et rigolards, il s'agissait, semblait-il, d'une plaisanterie qui réjouissait de façon unanime.

J'ouvris l'œil et je mis l'oreille en éventail, mais je ne compris le fin mot qu'en arrivant au foyer. Je dus me frotter les yeux. Julie était là !

Et elle était là de façon très particulière.

Quand je l'aperçus, elle me montrait le mauvais côté de son visage. Je ne sais pas ce qui avait précédé mon arrivée mais ce mauvais côté n'avait jamais été aussi mauvais. La déformation de la bouche ravageait toute la joue et lançait comme pour attirer l'attention sur lui deux énormes rides noires vers l'œil exactement semblable à une cuillerée à soupe de lait caillé.

Elle était assise sur une chaise, contre le mur et, autour d'elle, à distance respectable, comme autour d'un cheval qui s'est abattu, toute une société chuchotante faisait demi-cercle.

Elle avait coiffé ses cheveux en tresses, fort bien, ma foi, à mon avis, et portait au cou un collier qui devait provenir de l'arrière-grand-père Coste, fait de grosses plaques de pierres vertes. Son corsage aussi était vert, très acide.

Je ne pus pas réfléchir congrûment sur cette présence. Le coup venait à peine de m'être donné que Julie se dressa, écarta comme sans les voir les gens qui l'entouraient et se dirigea vers le parterre. Je m'empressai, avec tout le monde, de la suivre.

C'était une valse qui commençait avec l'orchestre de l'Orphéon. Le parterre était des plus brillants. Ceux et celles qui étaient entrés en même temps que moi, à la suite de Julie, furent immédiatement séduits par la musique et par l'éclat. On peut dire qu'ils *s'accouplèrent* sur l'instant et se mirent à tourner. Moi, j'étais plus intéressé par ce qui, à mon avis, devait suivre.

Julie resta un moment, les bras ballants. Je ne voyais toujours que son mauvais côté, mais je supposais que son bon côté devait être en train de s'occuper de quelque chose. Je fus extrêmement bouleversé de comprendre, au bout d'un certain temps, qu'en effet il *s'occupait à séduire.*

Aurais-je eu le moindre doute à ce sujet que les visages m'auraient aussitôt renseigné. Ils riaient : les hommes avec une méchanceté dure (et même un tout petit peu désespérée) ; les femmes avec une méchanceté radieuse, délibérée, et qu'on sentait capable de durer cent ans. Manifestement, Julie désirait danser et appelait un danseur.

J'en ai assez dit sur moi-même pour ne pas courir le risque d'être accusé de sensiblerie. J'étais néanmoins mal à mon aise, et comme fâché avec moi-même à un point que, par instinct plus que par réflexion, je me surpris à me dire presque à haute voix : « Est-ce qu'elle ne serait pas en train de faire de l'œil ? »

Elle se tourna, non pas vers moi, mais de mon côté, et c'est de mon côté que les rires s'allumèrent. Elle nous montrait alors son beau profil, sa joue lisse comme un galet de rivière, sa moitié de bouche si désirable, son œil large et pur, non pas aguicheur comme je l'avais imaginé dans mon désarroi mais simplement au regard triste et pesant et comme chargé de reproches. Je compris les rires de tout le monde et j'esquissai moi-même un sourire.

Mais elle ne me laissa pas le temps de m'apitoyer plus avant si tant est que je me sois plus apitoyé que mis en défense. La valse en était à sa reprise et les valseurs, bien entraînés, tournaient sans y songer sur la lancée de leur ivresse. Je n'ai jamais pu comprendre pourquoi, à ces moments-là, ils ont des visages douloureux à force de plaisir. Julie devait le comprendre, ou tout au moins désirer changer de fatigue et prendre enfin celle qui soûlait ces couples tournoyants car, comme un oiseau attiré par un serpent, je m'aperçus qu'à tout petits pas et presque imperceptiblement elle s'approchait de la masse animée des danseurs. Enfin, elle fut si près que je vis, à la lettre, certains cheveux et certaines écharpes lui caresser le visage et le corps au passage. L'instant d'après, elle avait disparu. Et comme, avec l'ébahissement que j'ai toujours eu devant le comportement général des femmes, je la cherchais dans le groupe des spectateurs, me demandant où elle avait bien pu se faufiler et par quel miracle elle avait échappé brusquement à mon attention, certaines rumeurs inhabituelles m'apprirent qu'un fait vraiment insolite venait de se produire.

La valse même en semblait désorganisée. Le serpent ne s'entortillait plus sur sa joie mais soubresautait par endroits comme travaillé par son ventre. À côté de moi, le public se dressait sur la pointe des pieds et tendait le cou. Je voyais les gens de toutes les galeries se pencher avidement, suivre quelque chose du regard, se le désigner les uns aux autres et, au surplus, parler avec une animation qui commençait à faire un bruit plus fort que celui de l'orchestre. Les musiciens eux-mêmes quittaient l'embouchure pour rester la bouche en cul de poule.

Soudain, j'entendis un bruit effrayant. Instinctivement, je rentrai la tête dans les épaules. J'avais l'impression que le Casino s'écroulait. C'était un *tonnerre* d'applaudissements.

Je vis enfin ce qu'on désignait du doigt. C'était cette malheureuse Julie emportée par la valse et dansant toute seule, avec, sur son atroce visage isolé, l'extase des femmes accouplées. Je me sentis des opinions et des passions semblables à celles de tout le monde et j'éclatai de rire à la seconde même où le rire général éclata...

Si j'en juge par moi-même, ce rire fut une bénédiction pour tout le monde. Le spectacle de cette fille au visage déchiré et qui montrait ses désirs sans pudeur me brûlait comme un acide. On ne pouvait laisser faire sans courir le risque d'être dépouillé jusqu'à l'os, vêtements et chair, falbalas et jupons, plastrons et manchettes. Qui n'a pas ses désespoirs ? Que serions-nous devenus si nous avions été forcés, nous aussi, de ne plus jouer la comédie ? Le rire avec son bruit de torrent était la façon la plus simple de mouiller la brûlure et de l'étendre d'eau. On y alla bon cœur bon argent[32].

Pourquoi ? Je n'en sais rien. Nous ne manquions pas de filles laides, Dieu merci ! Julie n'était pas d'une laideur à faire rire ; il s'en fallait ! Aujourd'hui je ne vois même plus rien de risible dans cet événement du Casino. Que se passait-il de si extraordinaire ? Julie dansait seule. De n'importe qui d'autre cela aurait passé pour une boutade. Admettez que la fantaisie en ait pris à Alphonsine M..., la petite fille que j'avais fait danser un peu auparavant : on aurait à peine souri. Le rire qui accompagnait la valse de Julie faisait un bruit régulier et bourgeois qui me rappela le raclement des cuillers et des fourchettes sur les assiettes dans un réfectoire de collège. Disons pour être plus juste qu'on ricanait. Julie voguait au milieu des chignons de paille, des catogans de charbon, des yeux ardents, des lèvres avides. Son visage marqué du destin des Coste passait à hauteur des moustaches cirées, des bouches habituées aux bons cigares, offrant en vain sa marchandise gratuitement.

Il n'y avait rien de gratuit que la mort, je le sais depuis longtemps et de façon formelle. Le public du Casino n'était pas aussi fort que moi sur ce chapitre ; il était loin de mettre un nom sur la chose, mais il se rendait compte qu'en tout et pour tout Julie n'offrait que des *places au Paradis*.

Avouez qu'il y avait de quoi rire ! Si on ne riait pas à pleine gorge, et si les ricanements faisaient un bruit de cuiller raclant l'assiette, c'est d'abord que dans la vie courante (qui est la nôtre) il n'y a vraiment jamais de quoi rire à ventre déboutonné, notre corps n'en a pas l'habitude (tandis que ricaner, on sait le faire). C'est ensuite en raison des choses noires et impitoyables qui décharnaient Julie. Son corps aimable (car elle avait un corps dodu, très attirant — pour ceux qui aiment les

109

corps), il y avait des moments (et celui de la valse plus que tout autre) où on l'imaginait fait d'une carcasse en osier gonflant et soutenant jupes et corsage autour de simples ossements. Julie eût-elle dansé sur une place publique comme elle dansait ce soir-là, tout le monde se serait écarté d'elle (les couples qui valsaient en même temps qu'elle s'écartaient et on la voyait bien, toute seule, en train de se donner au vide). Mais ici, au Casino, après tous nos préparatifs, nos combinaisons, nos efforts pour tâcher de prendre du plaisir, qui aurait abandonné la partie ?

La danse finie, pendant que les cavaliers reconduisaient leurs cavalières, Julie alla s'adosser à une des colonnes qui soutenaient les galeries. Les dames des premières loges se penchèrent pour la voir jusqu'à être en danger de tomber. Elle haletait et fermait les yeux.

Je remarquai qu'elle avait encore sur elle sa jupe d'après-midi aux volants noirs d'humidité et de boue. Je me demandais ce qu'elle avait bien pu faire entre le moment où elle passait la revue des vitrines et celui où elle était entrée au Casino. Ses cheveux, manifestement encore mouillés (quoique tressés en épis avec un soin et un goût auquel elle ne nous avait guère habitués), suggé-raient que ce temps-là, elle l'avait employé à parcourir les rues. S'était-elle peignée et coiffée dans une encoignure de porte ? C'était bien possible.

Elle était maintenant l'objet de la curiosité générale. Des jeunes filles couronnées de fleurs (par les soins du comité), bras dessus, bras dessous avec des jeunes gens aux fronts luisants de

110

brillantine, venaient la regarder sous le nez. Des femmes, même parmi les dames membres de l'Orphéon, s'approchaient, sans avoir l'air d'y toucher, du pilier contre lequel Julie, adossée, continuait à fermer les yeux et à haleter. Des « officiels » à brassard se consultaient fort gravement.

Enfin, on prit la décision de commencer le quadrille et l'orchestre attaqua *Les Lanciers*[33]. Le jeune Raoul B..., très important avec sa bonne grosse figure rouge, ses sourcils blancs et ses taches de son, se détacha du groupe des « officiels » et s'approcha de Julie, certainement *en mission*. Je le vis en effet en train de lui adresser la parole et même de parler assez longuement, mais elle n'ouvrit pas les yeux et continua à haleter comme si l'effort qu'elle avait fait pour valser l'avait essoufflée pour la vie.

Il n'était pas question pour moi d'en perdre une bouchée. Je me faufilai à travers les gens qui regardaient danser le quadrille et réussis à me placer assez près de Julie pour bien la voir, et assez dissimulé pour n'être pas remarqué. Avec la déformation de sa bouche, on ne pouvait jamais savoir si elle riait ou si elle pleurait. C'était très déconcertant. En cette occasion plus que jamais, impossible de se rendre compte si elle était touchée comme il se doit par ces ricanements dont elle était la cause, ou si nous avions affaire à l'Ajax dévastateur qu'elle pouvait être à l'occasion.

En tout cas, le quadrille se poursuivait sans incidents. Les figures succédaient aux figures. Julie, toujours adossée à son pilier et comme endormie ne paraissait être émue ni par la musique, ni par les cris trop vifs pour n'être pas poussés surtout dans l'intention de la toucher, ni par les rires trop bruyants pour n'être pas destinés à la gifler. Cependant, on sait que la musique des *Lanciers* est très entraînante; cris et rires, en raison même, pouvaient à la rigueur passer pour être naturels et innocents; si vraiment tout à l'heure Julie ne s'était laissé emporter que par la valse, elle devait, à plus forte raison, se laisser emporter par le quadrille.

Or, je la regardais avec beaucoup d'attention, et je fus très vite persuadé qu'elle était à peine effleurée par l'entrain des *Lanciers*, tout à fait insensible aux cris et aux rires, et violemment occupée, par contre, d'une *bagarre-Coste*. Ces mystérieux combats dans les ténèbres au cours desquels s'étaient perdus et brisés les arrière-grands-pères, grands-mères, grands-pères, père, mère, frère, oncles, tantes et cousins qui, jusqu'à présent, s'étaient passés loin de nous : voilà que, cette fois, il nous était donné de les voir sans pudeur se livrer sous nos yeux. Je ne dis pas seulement sous *mes* yeux (exercés et sagaces), mais sous les yeux de tous, au grand jour de la gaieté égoïste (et que voulez-vous qu'elle soit d'autre?) qui éclairait le Casino du haut en bas. Car, je compris aux regards qu'on tournait sans cesse vers Julie, aux éclats grésillants des rires de plus en plus secs, qu'il était à la fois question de crainte et d'horreur pour tout le monde, que la moquerie qu'on affichait était un masque, et qu'il y avait moins de désinvolture que l'on voulait le faire croire dans les éventements évaporés, les visages cachés dans les mains, les chuchotements de bouche à oreille, dans tout le brouhaha goguenard des galeries et du parterre où, tout en suivant d'un œil les évolutions des danseurs, on ne *perdait pas de vue* Julie, comme endormie mais toujours haletante, adossée à son pilier. J'avais déjà vu une terreur, un dégoût et une avidité à les goûter semblables dans les regards des curieux autour d'un épileptique tombé sur le trottoir ou — pour si paradoxalement indécente que soit mon image à propos de Julie, endormie seule contre son pilier — dans l'attitude et le clin d'œil furtif des gens qui passent, au printemps, à côté de chiens collés.

Le quadrille se termina par un galop fort réussi, mais l'ampleur du scandale n'avait échappé à personne, même pas aux *officiels*, car, sans interruption, sans laisser le temps aux danseurs de se disperser, on fit battre le tambour à l'orchestre. Sur le coup, je compris avec un petit frisson dans le dos que les événements allaient se précipiter, qu'on n'avait pas l'intention de laisser les choses en l'état. Chacun pensa comme moi, car instantanément le silence s'établit à un tel point que le tambour lui-même embarrassa ses baguettes au dernier roulement. Cette fois, il ne s'agissait plus du petit Raoul B..., mais je vis (nous vîmes tous) Me P... en personne s'avancer sur le devant de la scène, en grand uniforme (c'est-à-dire frac et boutons de verre étincelants de feux au plastron). Il semblait très embarrassé lui-même et, ostensiblement tourné du côté opposé au sommeil de Julie, il annonça — simplement — qu'on allait tirer la tombola.

(Je dis simplement, mais en réalité le tirage de cette tombola se plaçait d'ordinaire bien plus avant dans la soirée, après quatre ou cinq quadrilles, à un moment où la fatigue commençait à se faire sentir. Ce soir-là, on en était à peine au deuxième quadrille et personne n'était fatigué. La *simplicité* de Me P... ne fit illusion à personne.)

Le silence continua, un tout petit peu plus tendu qu'un silence naturel et, d'instinct, tout le monde s'écarta du pied de la scène pour faire place au porteur du sac à malices dont on devait tirer les numéros gagnants. Mais le porteur du sac ne bougeait pas. On le voyait au pied du petit escalier, comme pétrifié. Me P... lui-même s'était immobilisé dans son frac en forme de manche de parapluie. Julie s'était mise en marche !

Voir l'appariteur, voir Me P..., voir Julie, cela se fit pour moi et pour le Casino tout entier d'un même coup d'œil. Si j'en juge par moi-même, nous eûmes tous une tringle d'acier dans l'échine avant que Julie ait atteint le centre du demi-cercle laissé libre devant la scène. Je me souviens seulement qu'elle marcha paisiblement et pas du tout d'une façon arrogante. Elle avait l'air d'une personne fatiguée qui cherche une chaise. C'est dans les romans que les grands gestes déplacent de l'air ; dans la vie, on les fait généralement à bout de forces.

Tout cela dura donc au maximum trente secondes. J'eus à peine le temps d'avaler ma salive et, dans le silence, cette fois total, nous entendîmes comme le grésillement d'un grillon solitaire. C'était Julie qui parlait. Elle s'adressait à

Me P... qui se courba vers elle, les mains en éventail derrière ses oreilles et cria : « Quoi ? » d'un ton furieux. Sans ce cri, nous aurions pensé être sourds tant la voix de Julie était menue et incompréhensible. (Il me sembla toutefois entendre — comme par la suite il me fut confirmé — quelque chose qui ressemblait au mot « *bonheur* ».) Sur l'injonction de Me P... toujours tourné vers elle, les mains en éventail autour de sa tête, Julie « *grillonna* » de nouveau ce qui semblait être une demande. (J'entendis nettement le mot bonheur.)

Je me suis souvent demandé ce qui arriverait si certaines situations se prolongeaient, mais le fait est que celle-ci ne se prolongea pas jusqu'à détruire les règles d'une civilité puérile et honnête. Tout de suite Me P... se redressa et éclata de rire. Il ne s'agissait plus, cette fois-ci, de ricanements de sécheresse ou de petits spasmes menteurs : c'était du grand beau rire bourgeois, gras et puissant, qui vient du ventre, et pour lequel le verbe éclater est fait sur mesure. Jamais, de mémoire d'homme, on n'avait vu rire Me P..., je crois, mais même sans cette circonstance, on n'aurait pu résister au spectacle de ce notaire bien pensant secoué de rire comme un prunier. En un clin d'œil, le rire échella [34] jusqu'au plafond, enflamma les galeries l'une après l'autre. On le voyait courir de loge en loge avec la rapidité du feu.

J'eus beau participer de bon cœur à la chose, je ne perdis pas Julie de vue. Je suis le seul à pouvoir affirmer (sur les Évangiles s'il le faut) qu'à ce moment-là, quand tout le Casino riait d'elle, Julie se mit elle aussi à sourire; malgré la déformation de ses lèvres, pour moi qui savais voir, je peux en jurer. Je n'attendais pas un sourire de gaieté, j'attendais un sourire de désespoir si on peut dire. Et l'on peut, puisque c'est celui-là que je vis, clair comme le jour.

Je peux, même après tant d'années, reconstituer tous les gestes de Julie. Ils sont gravés à jamais dans ma mémoire. J'étais persuadé d'avoir sous les yeux le destin en action. J'étais le seul à me douter que nous avions l'extraordinaire bonne fortune d'avoir sous les yeux le mouvement des Coste dans leur tombeau.

Personne ne fit attention à Julie. Elle traversa la foule qui continuait à se presser autour du demi-cercle où elle s'était fait montrer du doigt. Elle était obligée de pousser les uns et les autres. C'est ainsi, comme invisible à tous (sauf à moi), qu'elle gagna la porte et sortit. Je m'élançai à sa suite. J'eus la présence d'esprit de ne songer ni à mon manteau ni à mon parapluie.

Il ne pleuvait plus. Comme d'ordinaire en cette saison, quand la pluie cesse, un vent glacial s'était levé. Il avait éteint beaucoup de réverbères mais j'entendais sur le trottoir, devant moi, le bruit des talons Louix XV de Julie. Je l'aperçus dans la lueur qui sortait d'un fournil. Elle marchait d'un pas résolu mais sans se hâter.

Elle ne se dirigeait pas du tout du côté du Moulin de Pologne. Elle remonta la grand-rue, traversa en diagonale la place de l'Hôtel-de-Ville et prit une de ces petites rues qui conduisent aux lacis ténébreux des vieux quartiers. J'étais transpercé jusqu'aux os par la bise ; mon vêtement était léger, et mon plastron amidonné ne me garantissait pas du froid. Je pensais à la pneumonie, mais je n'aurais pas donné ma place pour tout l'or du monde.

Nous étions maintenant dans l'entortillement des ruelles autour de l'église Saint-Sauveur. À plusieurs reprises, Julie hésita dans sa marche à suivre. Elle s'engagea dans la rue Jean-Jacques Rousseau, puis revint sur ses pas et passa à cinquante centimètres de l'encoignure de porte où je m'étais brusquement dissimulé. Je sentis son odeur de chien mouillé.

Après deux ou trois hésitations semblables qui ne me prirent jamais au dépourvu, elle sembla plus sûre de son chemin. Elle traversa la place du cimetière vieux, entra sous les voûtes des rues couvertes, déboucha dans la rue Kléber, tourna à gauche vers le marché à poisson, longea les anciennes halles, pendant que deux heures sonnaient au clocher de Notre-Dame, et prit si résolument d'un certain côté que je fus saisi d'un frisson qui ne venait pas du froid. Nous étions tout près de l'impasse des Rogations ; j'entendis le vent siffler dans les grands arbres nus du couvent.

C'est en effet là qu'elle allait. Je vis la chose se faire sans avoir l'esprit de penser à quoi que ce soit. Malgré l'heure tardive, il y avait de la lumière à la fenêtre de M. Joseph. La porte des Cabrot n'était jamais fermée. Julie s'appuya contre elle, sembla chercher à l'ouvrir ou à reprendre haleine, et elle entra.

À évoquer ce moment, j'en suis encore, comme à l'époque, vidé de sang et de force. Et pourtant, maintenant, je sais. Sur le coup, je n'eus que la pensée de détaler à toutes jambes. Ce que je ne fis pas cependant.

J'entendis frapper très résolument à une porte et une voix (celle de M. Joseph) répondre : « Entrez ! » Cette invitation à entrer, délibérée, spontanée, à deux heures du matin, au premier qui frappe à la porte, n'était-ce pas le fait d'un homme dont la puissance dépasse même l'idée que d'ordinaire on s'en fait ? Heureusement, sur-le-champ, je n'y pensai pas, j'étais hypnotisé par des événements si imprévus !

Je dois reconnaître que l'esprit me revint assez vite. J'eusse voulu être doué du don d'ubiquité : être en même temps au Casino pour crier la nouvelle à tout le monde et être ici pour voir la suite.

Il n'y avait rien à voir, sinon très rapidement une ombre qui passa devant la fenêtre. (Était-ce elle ou lui ?)

Il faut bien croire que le danger est une fontaine de Jouvence (c'est une de mes théories) car, si je n'étais pas devenu brusquement plus jeune que je n'avais jamais été, il ne me serait pas entré dans l'idée d'escalader le mur du vieux couvent (en plastron amidonné et avec mon meilleur vêtement sur le dos). C'est cependant ce que j'entrepris de faire. J'aurais pris pour un fou celui qui, quelques heures auparavant, m'aurait prédit que je ferais servir à cette gymnastique mes souliers vernis soigneusement passés au beurre. Ce qui prouve bien qu'il ne faut jamais dire : Fontaine[35]...

De la crête du mur (heureusement assez large) je ne vis pas grand-chose. Je n'osais pas m'y tenir carrément debout, de peur d'être éclairé par les reflets de la lampe de M. Joseph, et la fenêtre étant au deuxième étage; néanmoins, j'en vis assez. À en juger par la hauteur à laquelle se trouvait la chevelure de Julie, celle-ci devait être assise. M. Joseph était en face d'elle, debout; je le voyais à mi-corps. Il la regardait, il ne disait rien; elle devait être en train de parler et lui d'écouter.

Ceci me suffisait. Je restai cependant plus longtemps qu'il ne fallait devant ce spectacle : disons cinq minutes, alors qu'en temps normal j'aurais fait mon compte en une minute. Ce fut le froid qui me rappela à mes devoirs. Il fallait, de toute urgence, prévenir M. de K...

Je ne sais plus si j'ai couru. Sans doute. Je ne me souviens que de l'extraordinaire sensation de vide que j'éprouvai en rentrant au Casino. Je ne sus pas tout de suite si on continuait à tirer la tombola ou si l'on avait fini. La seule chose dont je m'aperçus en montant les grands escaliers, puis en traversant le foyer, c'est qu'on ne dansait pas. Je n'entendais pas de musique.

Pour aller aux loges de première galerie où se trouvait M. de K..., il fallait traverser le parterre. Je poussai la porte qui y conduisait et me trouvai brusquement de nouveau dans notre beau Casino illuminé de lampes Carcel, avec tout notre beau monde installé sur ses étagères appropriées, mais, de toute évidence, il ne s'agissait plus de bal ou de quadrille (du moins pour le moment, car je crois savoir que, vers les quatre ou cinq heures du matin, sous l'impulsion de l'orchestre de la Musique municipale — l'Orphéon déclara forfait — on recommença cahin-caha à danser devant un public clairsemé, en tout cas sans les *grandes familles*). Il ne s'agissait plus, comme je le vis tout de suite, que de conversations fort animées qui se tenaient de groupe à groupe. On ne riait plus ; on parlait avec violence. J'entendais dire que c'était « intolérable ». Il me fut assez difficile d'arriver à la loge de M. de K... Les couloirs étaient littéralement obstrués de paquets de gens agglomérés et discutant avec animation. Ici, les *têtes* ne manquaient pas. Je crus comprendre que, sans être le moins du monde inquiet sur le sort de Julie, on parlait de son suicide, de la fin totale des Coste après ce scandale, qu'elle était allée sans doute se suicider sur-le-champ et qu'il n'y avait pas d'autre solution.

Chez M. de K..., celui-ci *tenait le crachoir* avec une aisance parfaite. Je vis qu'il prenait le temps de faire les gestes qu'il avait l'habitude de faire quand il était en représentation. Il parlait devant M. de T..., M. de S..., et déjà les dames ne l'écoutaient plus.

Il m'aperçut. Je devais avoir sur le visage certains signes. Il se tut et me regarda d'un air si interrogateur que toute la société se tourna vers moi. J'avais trop l'habitude de ce monde pour savoir qu'en aucun cas il ne fallait éclater ou montrer une émotion quelconque. J'avais d'ailleurs la gorge serrée. Mon silence me donna barre sur M. de K... et je l'entendis qui m'interrogeait.

« Savez-vous où elle est ? » dis-je enfin.

Je ne reconnus pas ma voix. J'avais versé de l'huile sur le feu, mais avant de la voir s'embraser je dis (et cette fois fort naturellement) : « Elle est chez M. Joseph. »

On me regarda en chien de faïence, dans le plus grand silence.

Je racontai ma poursuite et même l'escalade du mur.

« Vous avez fait preuve du plus grand discernement », me dit M. de K... se dressant. (Malgré tous ses travers, cet homme savait prendre une décision.)

M. de T... et M. de S... étaient manifestement accablés. Ils avaient — Dieu me pardonne ! — l'air de m'en vouloir pour cette nouvelle, et même d'en vouloir à tout le monde si j'en juge par le regard que, se détournant de moi, ils jetèrent sur notre Casino illuminé.

« Mon manteau », dit M. de K...

Mais il était sur le dossier de son fauteuil et personne n'eut à le lui faire passer ; il le prit lui-même.

« Soyez prudent, Georges », dirent les dames.

Il eut un beau geste d'insouciance. M. de T... et M. de S... s'effacèrent pour nous laisser passer.

Cette fois, malgré tout, j'allai chercher mon mackintosh et mon parapluie.

« Ceci dépasse en fait notre compétence », dit M. de K...

Les rues étaient sinistres. Le vent avait forci. Les volets battaient partout la chamade.

« Savez-vous ce qu'elle a demandé tout à l'heure ? » dit M. de K...

J'avouai que je n'avais rien compris.

« Il m'a semblé entendre qu'elle parlait de bonheur.

— Il n'y avait rien à comprendre, me dit-il, mais elle a en effet demandé à Me P... (de la bouche même duquel je le tiens) si à notre tombola on pouvait *gagner le bonheur*. »

Nous arrivions à l'impasse des Rogations. De la rue on ne voyait rien, sauf cette lumière à la fenêtre. Il me fallut faire la courte échelle à M. de K... Il était fort lourd et, dans sa hâte à atteindre le sommet du mur, il m'écorcha le bras avec son talon.

« Tenez ferme », dit-il.

Je ne l'avais jamais vu aussi excité.

Nous ne restâmes pas longtemps sur le mur. D'après M. de K..., il y faisait froid et on n'y voyait pas grand chose. Nos deux personnages là-haut n'avaient en effet pas changé de place.

« J'y perds mon latin, dit M. de K...; je me demande ce qu'elle est en train de lui raconter. Vous qui êtes pétri de bon sens, êtes-vous d'avis, comme moi, que, somme toute, ce soir nous nous sommes très bien comportés à son égard? À part de petites manifestations regrettables, je vous l'accorde, mais fort difficiles à éviter avec un public aussi mélangé. Je puis vous assurer par exemple qu'en ce qui me concerne, ma femme et moi nous avons à peine souri. C'est une chose que je dois dire. »

Je lui répondis qu'en effet c'était un fait sur lequel il fallait attirer l'attention.

« Comment êtes-vous avec ce M. Joseph? me dit-il.

— Je le connais à peine, comme vous, répondis-je.

— Je vous demande ça, poursuivit-il en passant son bras sous le mien, parce que j'apprécie votre entregent et le soin que vous prenez de ne jamais faire étalage de vos relations. Ce dont je vous félicite d'ailleurs », dit-il, voyant que je gardais le silence.

Il retira son bras de dessous le mien.

Nous étions retournés à l'entrée de l'impasse et, à notre grande surprise, nous trouvâmes là trois ombres que nous reconnûmes en approchant pour être Mᵉ P..., madame, et le neveu des de S... fort attaché au ménage.

« J'ai appris la nouvelle, dit Mᵉ P..., et savais que vous étiez là. Je suis tout de suite venu. Les autres n'ont pas voulu approcher et sont restés près des Halles. Que se passe-t-il ? »

M. de K... fit le mystérieux et ajouta que, pour rien au monde, il ne fallait permettre à la « foule » de venir ici.

« Il ne s'agit pas de foule, dit Mᵉ P..., mais de quelques amis qui sont également les vôtres, et qui, je vous le répète, n'osent pas approcher, ou ont le tact de ne pas le faire.

— Ne nous disputons pas, André », dit M. de K...

Il avança et ils se mirent à chuchoter.

« Que se passe-t-il ? me demanda Mme P...

— Je n'en sais rien, madame », lui répondis-je. C'était (en plus) l'absolue vérité.

« Venez », me dit M. de K... à la fin de sa messe basse.

Nous entrâmes de nouveau dans l'impasse et nous fîmes le pied de grue un bon quart d'heure. Les autres étaient partis. Le froid était piquant. Une demie sonna à l'horloge. Nous en étions à faire des suppositions fort ténébreuses. Maintenant, la fenêtre des Cabrot s'était éclairée. Moi qui ai l'ouïe fine et suis très attaché aux biens terrestres, j'entendais, malgré les grondements du vent, le bruit d'un moulin à café.

Sans le froid, j'aurais volontiers été spectateur jusqu'à la fin du monde. Mais étant donné les circonstances, je dis à mon compagnon que le plus sage était, je crois, d'aller nous coucher.

M. de K... ne fut pas de cet avis, et presque bruyamment. Je le suppliais d'être prudent quand la porte des Cabrot s'ouvrit et le père Cabrot portant une lanterne sortit, précédant M. Joseph.

Ce dernier se dirigea rapidement et droit sur nous comme s'il nous savait être là de toute éternité. Il nous tendit à la fois les deux mains et nous dit :

« Messieurs, c'est la Providence qui vous envoie. J'ai un grand service à vous demander. »

Je vis avec joie qu'en prononçant cette phrase il s'était ostensiblement adressé à M. de K... qui gargouilla tout de suite une sorte d'acceptation assez humble.

« Je sais, dit M. Joseph, que vous êtes en très grande odeur de sainteté auprès de M. Grognard, le loueur de voitures. Voudriez-vous m'accompagner et me recommander à lui le plus chaleureusement possible ? J'ai besoin tout de suite du coupé le plus rapide et le plus confortable qui soit.

Sans vous, à cette heure-ci, cela représente trop d'aléas et de paroles inutiles. Je suis pressé. Je vous en saurai un gré infini. Venez. »

En toute autre occasion, l'attitude de M. de K... m'aurait comblé d'aise. Il ruait littéralement de la fesse.

M. Joseph se tourna vers moi.

« J'irai chez vous, sans doute dans la journée, dit-il. J'ai également besoin de vos services. »

Il empoigna le bras de M. de K... et l'entraîna assez vite et à la façon, me sembla-t-il, d'un gendarme emmenant un condamné.

Le père Cabrot qui trottinait à leur côté me fit penser, je ne sais pourquoi, à un farouche sans-culotte; sans doute à cause du bonnet de coton qu'il avait gardé.

Je rentrai fort mélancoliquement chez moi. Je ne pus dormir. Cette visite que M. Joseph m'avait promise me trottait par la tête. Je me fis d'amers reproches pour m'être mis ainsi le doigt entre deux pierres. J'enviais le reste de la ville qui, pour ne s'être mêlé de rien — que de rire — dormait maintenant bien en paix dans son lit.

J'attendais M. Joseph; ce fut M. de K... qui arriva, et sur le coup de huit heures du matin. Il ne frappa même pas à la porte mais secoua la serrure sans arrêt malgré mes objurgations pendant que j'enfilais mon pantalon. Les yeux lui sortaient de la tête. De toute évidence, il ne s'était même pas couché.

J'eus la présence d'esprit de ne poser aucune question : cela lui aurait donné barre. Je gardai le plus profond silence et m'occupai à ranimer le feu. Le résultat fut surprenant.

« J'aimerais bien prendre un peu de café avec vous », dit M. de K... d'une fois mourante.

C'était une belle victoire, mais j'avais mes propres inquiétudes, je ne l'appréciai pas à sa juste valeur.

Je m'assis en face de M. de K... et, sans mot dire, je me mis à moudre le café.

« Il est allé porter plainte, dit enfin mon hôte.

— De quoi ? demandai-je bêtement.

— De tout, dit M. de K...

« Ah ! poursuivit-il, mon pauvre ami ! Vous voilà en train de tourner la manivelle de votre moulin à café pendant que tout ce qu'il y a de bien dans cette ville se ronge les poings ! Je sors de chez les P... Ils sont dans un état à faire peur. »

Je me sentais évidemment assez mal à mon aise. Dans n'importe quel cas, l'innocence est toujours impossible à démontrer. C'est dire s'il y avait de quoi être aigri contre ceux qui voulaient se comporter en juges. Je le dis timidement. M. de K... eut un geste pour signifier qu'en haut lieu c'était le moindre de leurs soucis.

Je mis de l'eau sur le feu et demandai d'une voix assez ferme les raisons de cet abattement général. Passons sur les événements du Casino (quoiqu'il fût encore possible de les réduire à leur juste valeur) ; quels sont les faits dont nous sommes sûrs ? Les seuls d'après lesquels un homme de bon sens peut espérer ou craindre ? Il a demandé un coupé rapide et confortable ; j'appuyais sur le mot confortable qui, à mon avis, n'est pas un mot effrayant.

« Vous n'y êtes pas du tout », me dit M. de K...

Et il prit haleine assez longuement.

« Hier soir, dit-il, ou plus exactement tout à l'heure, car il n'y a que quelques heures que cela s'est passé, vous m'avez vu partir dans la nuit avec cet homme terrible. Je veux croire que votre amitié pour moi s'en est alarmée, mais, auriez-vous eu le talent de Victor Hugo qu'il vous aurait été impossible d'imaginer quelles épreuves j'allais subir. D'abord, son séide n'a pas cessé de grogner sur mes talons comme un tigre. J'étais agrafé par une poigne de fer; mon bras en est bleu et si, devant vous, on s'est comporté avec politesse, il a bien fallu néanmoins que, par la suite, je passe par où il voulait me faire passer. J'ai dû frapper de mon propre poing à la porte de ce Grognard, appeler de ma propre voix que tout le voisinage a entendue et reconnue, et recevoir en personne, devant vingt fenêtres ouvertes malgré le froid, les rebuffades de ce loueur de voitures mal embouché, qui s'est calmé d'ailleurs tout de suite, non pas à ma vue mais au nom seul de M. Joseph.

« Cela n'est déjà pas mal, comme on dit, et à mon sens est déjà trop, mais il m'a fallu boire le calice jusqu'à la lie, vous n'êtes pas au bout de vos étonnements. J'ai dû les suivre dans les écuries et, poussé par des invitations auxquelles il aurait été de la dernière imprudence de se dérober, choisir moi-même le coupé — et savez-vous lequel on m'a obligé de choisir? Celui qui va chercher monseigneur, aux limites du canton, le jour de la confirmation solennelle! Oui mon ami! J'ai été accablé sous les signes les plus évidents de la puissance infernale, non de cet homme, mais de la confrérie à laquelle il appartient : et que peut-être il domine. J'ai très bien senti dans tout ça un plan parfaitement préconçu. Faites-moi la grâce de croire que, pour si grand que soit le danger que j'ai couru, que je cours encore, qui nous menace tous, je n'ai pas perdu une once de mon sang-froid et de mon jugement. Nous sommes perdus! C'est moi qui vous le dis. »

L'air lui manqua et il fit une pause. J'étais évidemment très embêté, surtout à l'idée que cet homme m'avait promis sa visite pour aujourd'hui même.

M. de K... poursuivit :

« Je n'étais pas au bout de mes peines. On attela le coupé à trois chevaux, on le sortit. Cela fit du bruit sur les pavés. J'ai dit vingt fenêtres? Que je ne bouge pas de place s'il n'y avait pas plus de cinquante personnes en train de regarder ce qui se passait quand, bien éclairé par la lanterne que Grognard élevait à bout de bras et celle que le séide me balançait sous le nez, on me fit monter dans le coupé. Tel que je vous le dis, mon ami! Au su et au vu de tout le monde. Le diable s'installa près de moi, et nous voilà partis; devant plus de cinquante paires d'yeux de toutes opinions, je vous le répète. Cabrot et le cocher faisaient sur le siège un bruit infernal. Et vous êtes-vous jamais rendu compte du tapage *invraisemblable* que font, à quatre heures du matin, sur nos gros pavés, dans nos rues désertes qui sonnent comme des tambours, trois chevaux ferrés de neuf qu'on oblige constamment à piaffer? Voilà où nous en sommes!

« Et ce n'est pas fini. Je n'osais rien dire, bien entendu. Et je dois avouer que je ne bougeais pas plus qu'un terme. On passe par de drôles de moments, au cours d'une vie. La culture et l'intelligence sont des défauts et des faiblesses dans les grandes occasions. Vous dirai-je à quoi j'ai pensé ? Oui : à Pignerol[36], au masque de fer, au château d'If, à la Bastille. Ah ! ils ont le talent de vous arracher au train-train. Mais, je ne m'attendais pas au plus beau. C'est alors que cet homme diabolique a pris la parole. Que je meure à l'instant dans votre fauteuil si cela ne s'est pas passé exactement comme je vous le dis. Cet homme posa *amicalement* sa main sur mon genou, et d'une voix où personne, sauf vous, et moi bien entendu, n'aurait été capable de sentir tout le commandement, il me dit ceci qui sera gravé mot à mot dans mon âme jusqu'à la fin de mes jours :

« "J'avais besoin d'un homme de sens à côté de moi. Vous servez de témoin de moralité dans une affaire qui va passionner l'opinion publique et où il faut que l'opinion publique ne puisse pas divaguer. Vous en avez le soin. Je vais, dans quelques instants, *enlever* une demoiselle de la plus grande qualité et l'emmener au chef-lieu où j'ai des appuis suffisants pour pouvoir me marier avec elle sans attendre les délais habituels. Vous êtes ici pour certifier que tout s'est passé le plus noblement du monde." Et il ajouta (*in cauda venenum*)[37] : "Je n'aimerais pas perdre la confiance que j'ai en vous." Textuel ! Comprenez à demi-mot. »

J'assurai M. de K... que je pouvais très bien

comprendre le demi-mot quand il s'agissait de ma propre conservation.

« Bien entendu, me dit-il ! Vous avez également compris de qui il s'agissait ? C'est exactement ça. Nous sommes allés à l'impasse. Mlle de M..., accompagnée de la mère Cabrot qui l'escortait comme une châsse, est venue au coupé pendant que l'on m'en faisait descendre par l'autre portière. Je dois dire, en toute franchise que, — est-ce la nuit ou un arrangement quelconque ? — pour le peu que j'en ai aperçu, j'ai trouvé Mlle de M... charmante. J'ai eu l'esprit, d'ailleurs, de le lui glisser en quelques mots. Si je ne m'abuse, mon ami, elle est, permettez-moi de le dire, au comble du bonheur. Je crois aussi que ma façon de procéder avec elle a eu le meilleur effet sur cet homme, qui n'est peut-être pas dangereux si on prend soin de ne jamais traverser ses desseins. Il m'a dit : "Félicitez madame, cher ami." Ce que j'ai fait sans restrictions.

« Ils sont partis. Cabrot et sa femme sont rentrés chez eux et m'ont fermé la porte au nez comme à un paquet de linge sale. Et me voici. »

IV

Walking next day upon the fatal shore among the slaughtered bodies of their men which the full-stomached sea had cast upon the sands[38]...

La Tragédie de l'Athée.
Cyril Tourneur.

M. de K..., lesté de son café, n'eut pas plus tôt porté ses grègues ailleurs[39] que je me précipitai sur mes vêtements. Il ne s'agissait plus de dormir. Même en coupant les ailes à toute imagination, l'événement était d'importance. Il ne me fallait pas oublier que cet homme *habile* avait rendez-vous le jour même avec moi.

J'étais du plus grand sang-froid. La nécessité de faire sa fortune en partant de rien durcit autrement l'âme qu'un nom à particule ou même des domaines hérités sans combat. J'entrai dans la petite souillarde où je tiens mes provisions de cuisine et je passai mon placard en revue.

Je pouvais aisément prétendre sans prêter le flanc à personne manquer de sucre, de riz et même de cannelle. (Il faisait froid et je pouvais désirer me faire du vin chaud. On voit que je ne négligeais rien.) Cela m'autorisait à aller dès les premières heures du matin dans deux épiceries et une droguerie. Je savais, bien entendu, lesquelles. Pour faire un compte rond et ne rien laisser au hasard, je sacrifiai mon pot à lait. Je le brisai sur le bord de l'évier et j'en enveloppai les morceaux dans une feuille de papier journal. Je les emportai comme pièce à conviction.

Il m'est difficile de dire que la ville avait ce matin-là un aspect brillant. Il se préparait la journée la plus noire de tout l'hiver. Le vent de la nuit avait entassé sur notre tête des nuages de charbon. Les rues étaient désertes. Ce qui ajoutait à la désolation. Comme je l'appris par la suite, le bal s'était tant bien que mal poursuivi jusqu'à cinq heures du matin et une bonne moitié de la ville dormait encore.

Les quelques boutiques ouvertes avaient allumé leurs lampes à pétrole. Je me dirigeai d'abord vers l'épicerie du sieur Marcellin. Je savais parfaitement ce que je faisais.

La boue durcie par le vent glacé était constellée de confetti et d'abominables tronçons de serpentins qui y grouillaient comme des vers. On avait également étripé sur les trottoirs des accessoires de cotillon de toutes sortes : faux nez, chapeaux de marquis et cette espèce de mirliton à moustache qu'on appelle langue de belle-mère et qui tire une langue longue d'un empan quand on souffle dedans.

Le sieur Marcellin était à son comptoir. Le contraire m'eût étonné, surtout ce matin-là. Il feignit fort galamment de croire à mon manque de sucre et prit son marteau pour m'en casser à un pain.

Le sieur Marcellin a été jusqu'à sa mort (je l'ai connu et pratiqué pendant au moins vingt-cinq ans) le porte-parole de l'opinion publique. J'oserais même dire : sa source. Connaître l'opinion de Marcellin à neuf heures du matin ce jour-là équivalait pour moi à un bon rapport d'état-major.

J'en appris assez pour savoir que la nouvelle avait déjà fait au moins trois fois le tour de la ville. J'eus également confirmation qu'une de mes petites idées de derrière la tête était juste. On commentait surtout — et avec une prudence qui semblait incliner vers l'approbation pure et simple — la présence et l'action *efficaces* de M. de K... dans toute l'histoire. À peine s'il était question, et encore! pour les gens du commun, d'étonnement à ce sujet. Je supputai qu'on n'allait pas tarder à lui donner (à lui et, forcément, à quelques autres de son clan) les gants[40] mêmes de la chose.

Je sifflotais en tribut d'admiration pour l'habileté consommée de M. Joseph. Je tirais mon chapeau. C'était du travail de premier ordre.

On me croira si on voudra mais, en songeant au rendez-vous qui m'attendait, le fait que j'allais avoir affaire à cette habileté suprême et de tant de bonheur me réchauffa et me réconforta. Je suis très difficile à abattre. Je crois que ce qui me glace le plus c'est la médiocrité (bavardages de M. de K... et sa frousse).

« Le morceau de sucre que vous achetez chez moi, dit Marcellin, est bien un peu gros. Avec quoi le cassez-vous, chez vous, sans offense?

— Avec un pilon de bois que je me suis taillé au couteau, un soir d'hiver que je m'ennuyais, lui répondis-je.

— C'est bien mal commode », dit-il.

Je lui laissai faire sa pause.

« Vous devriez vous acheter un petit marteau, poursuivit-il. Vous ne le regretteriez pas. Allez donc voir chez Jules. Il en a. »

L'avis n'était pas tombé dans l'oreille d'un sourd.

Jules, comme je m'en aperçus tout de suite, connaissait certains dessous des cartes. Il a toujours été beaucoup plus rond que Marcellin. Il se moqua de moi et de mon petit marteau avec une ironie assez lourde. Mais j'ai une patience d'ange et il m'en apprit certainement cent fois plus qu'il n'aurait voulu.

Tout le monde mettait l'accent sur la présence de M. de K... à l'enlèvement d'on ne disait déjà plus Julie, mais de Mlle de M... (ceci était significatif); présence qui avait été claironnée par Grognard, ses voisins, et (faites très attention à la chose comme je fis) par les Cabrot qui, depuis six heures du matin, faisaient les bistrots et les rues. À noter également que les Cabrot ne se payaient pas à boire avec des écus ou avec des louis mais avec des pièces de quarante sous au maximum et plus souvent avec des francs et même des dix centimes en bronze : tout cela sentait ostensiblement la poix[41]. Impossible de prétendre ou tout au moins de prouver qu'ils avaient été payés pour. On racontait que, pour la circonstance, Mlle de M... était habillée comme une reine et, tenez-vous bien, par les soins *empressés* (je souligne car Jules appuya sur le mot) *empressés* de Mme de K... Il y avait une description complète des effusions pathétiques de ces dames (on y ajoutait Mme P... et Mme de S...) au moment du départ du coupé. Et on précisait que ces dames, brisées d'émotion, étaient à l'heure actuelle en train de sangloter sur leur lit sans même avoir pris le temps de délacer leur corset. (C'était à croire; surtout si elles étaient au courant de ces racontars.) Jules tenait le renseignement de Michel qui, paraît-il, n'avait dételé qu'à cinq heures du matin après avoir ramené à la maison Mme de K... toute seule et manifestement hors d'elle-même. Avant d'en venir aux deux intéressés, M. Joseph et Mlle de M..., la rumeur publique s'occupait à fond de tout le clan de la bonne société; elle distribuait à chacun un rôle de premier plan, citait des phrases textuelles, donnait des preuves indéniables et ajoutait d'une façon générale que la chose s'était passée sous ses yeux mêmes. Il n'y avait qu'à croire l'incroyable et à dire *amen*.

Pour ne rien avoir à me reprocher, j'allai à la droguerie et chez le faïencier mais je savais que je n'apprendrais rien de plus; j'aurais pu m'éviter la dépense d'un pot à lait neuf. Ne regrettons rien, il faut ce qu'il faut.

Je rentrai chez moi et fis un peu d'ordre. Mais celui qui convenait. Voilà ce qu'il est impossible de faire comprendre aux femmes. Affublez-vous d'un être de cette espèce et votre fortune courra perpétuellement le risque d'être un beau jour compromise par une pâte au sabre[42], un plumeau ou un balai intempestif. Un ménage bien fait est un masque, et transparent qui plus est, pour lequel un adversaire de qualité vous méprisera toujours. Vous lui dévoilez ainsi le sens général de vos mensonges. Il est bien plus difficile d'interpréter les négligences. Qui va penser jusque-là ?

M. Joseph avait certainement envie de voir quelques livres de droit sur ma table. J'en disposai deux, artistement, trois auraient été une provocation. Je ne plaçai aucun travail soi-disant en train sur mon buvard. Il savait bien qu'en un tel jour mon intérêt était ailleurs. Il allait certainement être à l'affût de tout excès de zèle.

Ma table de travail organisée (et elle le fut jusqu'à la vieille bouteille d'encre), il me restait à composer pour M. Joseph le décorum qu'il attendait. Il ne s'agissait pas d'essayer de nous en conter l'un à l'autre. Il ne faisait pas de doute qu'il m'avait percé à jour. Son mot d'hier soir (ou, plus exactement de ce matin à la première heure) m'avait éclairé ; et il le savait, l'avait dit exprès pour me prévenir.

Il attendait évidemment de moi une de ces déclarations d'amour à l'espagnole ; et j'avais envie de la lui faire. C'est pourquoi je pris soin de mettre assez en évidence sur le dessus de la cheminée une assiette propre contenant un peu de menue monnaie, des boutons, quelques centimètres de mèche à briquet, les impedimenta d'une vie pauvre mais honnête et qui satisfait à ses modestes besoins. Je trouvai aisément dans mes tiroirs une chaussette douteuse mais bien trouée. J'eus le génie de piquer près du trou une aiguille et son aiguillée de coton. Cet appareil fut destiné à figurer *en demi-teinte* sur un coin de la commode, aux trois quarts dissimulé par le globe (cependant transparent) de la pendule.

Pour le surplus, je fis un ménage militaire : un lit carré où rien ne pouvait s'imaginer d'autre que le sommeil (et encore!) et je passai plus d'une heure à construire peu à peu dans mon âtre une *exagération de feu*, (j'étais supposé être de sang blanc) tout en ménageant soigneusement ma cheminée qui n'avait pas été ramonée depuis deux ans. Je m'en tins à un amas de braises très impressionnant et fort beau.

Je ne l'attendais pas avant la nuit. En effet, il frappa à ma porte à cinq heures du soir. Son manteau, lourd de pluie, fumait. Il ne prononça pas un mot avant de se mettre à son aise. Il s'installa dans le fauteuil que j'avais préparé et allongea ses jambes vers le feu. Il me laissa le temps de remarquer comme il fallait la plus belle paire de bottes que j'aie jamais vues : sûrement de fabrication étrangère, fines, souples, luisantes et sans une trace de boue.

« Vous vous étonnez, me dit cet homme habile, de me voir revenir de quatre lieues par ce temps abominable pour le simple plaisir de vous consulter. »

Il fit une pause et poursuivit :

« ... Je sais que vous appréciez à sa juste valeur la phrase que je viens de prononcer. Qu'elle serve d'épigraphe à notre entretien. Combien en effet de petits esprits pleins d'eux-mêmes ne s'étonneraient pas ? Je pourrais être votre père et l'endroit d'où je viens ne manque pas, vous le savez, de salons confortables à l'abri des vents coulis (c'est d'ailleurs dans un de ces salons que Mlle de M... se trouve, à l'heure actuelle, et m'attend), je vous félicite de votre étonnement et considérez comme un hommage à votre pénétration de jugement l'entretien que je vais avoir avec vous. »

Il me demanda de lui raconter l'histoire des de M...

« Non pas ce que tout le monde sait, ajouta-t-il, mais ce que *vous* savez ; moins les faits que ce qu'ils vous ont appris à vous-même. Ce que je veux, c'est votre opinion. »

Je lui fis le récit en partant des Coste, à peu près tel que je viens de l'écrire ; à peine si je dissimulai quelques-uns de mes sentiments intimes et seulement ceux que je m'expliquais mal à l'époque : c'est-à-dire certains sentiments qu'on pourrait appeler *bons* (si on ne connaissait pas l'homme). Pour ceux, prétendus *mauvais*, je fus de la plus grande clarté.

« On ne vous prendra pas sans vert[43], me dit-il, et j'en suis ravi, car il s'agit moins pour moi de vous prendre que de m'arranger pour que les autres ne vous prennent pas. Je vois sur votre table des livres de droit que vous n'aurez pas besoin de consulter. J'imagine que vous avez tout le repos nécessaire quant à la façon dont on a fixé la dévolution[44] des décès des de M... de la Commanderie lors de la catastrophe de Versailles ? »

Je lui répondis qu'en effet cette dévolution avait été fixée par des magistrats parisiens qui avaient poussé le scrupule jusqu'à considérer que, contrairement à ce que la loi ordonne du rapport de l'âge et de la qualité des décédés, le cadavre de Clara ayant été trouvé engagé jusqu'à mi-corps à travers la portière crevée, Clara devait être considérée comme morte la dernière. J'étais sur un terrain solide et de prédilection. J'ajoutai un récit des entreprises heureuses (à leur point de vue) que les créanciers parisiens de la Commanderie avaient faites sur le domaine dont à l'heure présente il ne restait plus rien.

« Mᵉ P... insoupçonnable », me dit-il.

Il fit une pause et bêtement j'allais répondre quand il ajouta :

« Ce n'est pas une question ; c'est une affirmation. »

Ceci me mit dans la peau du pécheur sous le signe de l'absolution.

« J'aime beaucoup, dit-il, l'honnêteté qui a fait considérer dans une affaire d'argent jusqu'à ce cadavre sorti d'une boîte. Puisque nous sommes sur le chapitre des cadavres, restons-y, malgré le bruit lugubre que fait le vent sur votre palier et en passant sous votre porte. »

J'allai boucher les joints de ma porte avec un torchon de cuisine.

« La médiocrité de vos concitoyens est-elle certaine ? »

Cette question tout à trac, à ce moment-là, me coupa le souffle.

Je lui assurai à mots précipités qu'ils se servaient purement et simplement en toute occasion de ce qui leur tombait sous la main.

« C'est ce qu'on appelle une grâce d'état. Je m'en félicite. Donc, dit-il, quand ils apprendront que je désire abandonner mon nom et prendre celui de ma femme, ils concluront que je suis tenté par le titre, par le *"de"*.

— Que pourraient-ils croire d'autre? dis-je.

— Ce que je vais vous découvrir et à quoi il ne faut pas qu'ils pensent. »

Je protestai qu'il m'était impossible de porter une telle confidence.

« Ce que vous découvrirez donc tout seul, ajouta-t-il sans changer de visage, et que je désire vous voir considérer comme une confidence de ma part. »

J'étais poussé dans un retranchement assez difficile à défendre. Je me contentai d'opiner du bonnet.

« D'ailleurs, poursuivit-il, nous voici au cœur du sujet. J'ai déclaré tout à l'heure à qui de droit que je voulais vous charger des démarches. On n'a pas compris immédiatement mais, ensuite, on m'a félicité de mon choix. C'est vous qui présenterez ma demande au garde des sceaux. Quelles sont les pièces à fournir? »

Je sautai dans mon métier comme sur une bouée de sauvetage. J'énumérai les actes de naissance des deux époux, l'acte de mariage et je demandai juste à temps pour ne pas donner l'impression d'un hurluberlu s'il entendait prendre le nom seul des de M... ou lui ajouter le sien.

« Le mien pourrait prêter à confusion, supprimons-le », dit-il.

Il me fut ainsi permis de parler pendant dix minutes et en m'appuyant sur la loi (je n'ai jamais si bien compris et apprécié la sécurité d'une loi). Je lui dis que je me chargeais de tout. Je me gargarisais d'« *annonces légales* » et de « *Journal officiel* ». Cela constituait un terrain solide où je ne me lassais pas de me tenir. Il me dit que le Conseil d'État était prévenu et que l'arrêt du ministre ne faisait aucun doute.

« La requête, dis-je, doit contenir le motif invoqué.

— Invoquez celui-là », dit-il.

Et comme il me voyait l'œil rond et un mot à la bouche, il ajouta :

« Invoquez la tentation d'une route libre. Ceci dans un langage particulier peut prendre un aspect très décent. »

Je compris qu'il voulait laisser une partie de la besogne non mâchée et m'attacher par une certaine responsabilité.

Il se dressa et me tendit la main.

« Nous voilà complices », dit-il.

Je remarquai son œil tendre.

C'est dans la plus grande confusion que je l'aidai à revêtir son manteau. La bure était toujours lourde de pluie et pesait terriblement dans mes mains. Je dus me hausser sur la pointe des pieds pour lui recouvrir les épaules.

V

God knows, my son,
By what by-paths and indirect
Crooked ways
I met this crown [45].

Shakespeare, Henry IV.

Il me fallut de nombreuses années avant d'avoir une vue générale du caractère de M. Joseph : M. de M... devant la loi.

J'ai été, à partir du moment dont je viens de parler, intimement mêlé à sa vie. Eussé-je voulu me séparer de lui (l'idée ne m'en est jamais venue) qu'il eût été impossible de me détacher sans grand dommage pécunaire de toutes les affaires dont il ne cessait pas de me charger. C'était, en langage d'ici, des affaires de quatre sous mais qu'il payait dix sous, et qui, surtout, contenaient toutes un levain d'esprit.

Il me jeta sur les pistes de la succession compliquée des de M... avec ses écrasés, ses fous et son disparu. J'étais pour ainsi dire employé à demeure, ou, plus exactement, il me servait à demeure une sorte de rente *pour mes beaux yeux*, car si les rapports que je lui fournissais contenaient, au début, un petit grain d'espoir, je me persuadai vite, à sa façon de m'accueillir dans son bureau, de m'écouter, de me congédier, qu'il était inutile de lui faire espérer quelque chose.

Je connais trop la nature humaine pour ne pas avoir pensé, les premiers temps, aux avantages que lui procurait ma sujétion. J'ai eu souvent des bouffées d'orgueil à l'idée que cet homme continuait à terroriser avec beaucoup de science notre bonne société, dépensait des trésors de vertus à se faire aimer des petites gens et me considérait si puissant en face de ses forces génératrices d'amour ou de terreur qu'il en était réduit avec moi à employer l'argent. Il ne fit jamais rien pour me détromper. Je me détrompai tout seul, peu à peu.

J'étais donc un familier du Moulin de Pologne et pas le seul : c'était un rendez-vous diplomatique où l'on vint d'abord se concilier le monstre, chercher des ordres ou asile; puis, où l'on continua à venir par goût, intérêt d'esprit, habitude prise, sujétion définitive.

Ma situation était bien assise. Je le devais à cet homme. Cela ne faisait aucun doute pour personne. Les MM. de K... étaient, pour l'essentiel, à mes ordres et je pouvais tenir pour rien les dents qu'on faisait un peu grincer dans mon dos. Désormais, quand j'arrivais au Moulin de Pologne, il me suffisait d'entrer dans le grand salon pour goûter l'ambroisie de l'orgueil le plus délicat. Tout le beau monde était là, empressé à plaire aux maîtres de maison et, par contrecoup, à moi-même. Ce fut la période des « allons, cher ami » et des bras passés sous mon bras. Ceci n'était pas à dédaigner.

Quant à lui, il était d'une urbanité éblouissante. C'est le cas de le dire : tous les yeux en étaient aveuglés. Je savais qu'en réalité il tenait en piètre estime tous ces gens. Il en faisait seulement hommage à sa femme. Il les amenait à ses genoux, pieds et poings liés. Ils étaient pris comme à la glu dans l'excellence et l'extraordinaire de l'air qu'on respirait maintenant sur ces terres et dans ces murs. Ne pas venir au Moulin de Pologne aurait été vivre en exil.

Ce fut miracle de voir le travail matériel qui se fit. M. Joseph eut toutes les bonnes volontés qui lui étaient nécessaires. Il avait, par le tour de bâton le plus miraculeux, décidé un des fermiers les plus renommés de toute la région à venir se fixer au Moulin de Pologne. Quand on sut que Joséphin Burle prenait les terres, non pas même à fermage, mais *à moitié*, on se demanda si le monde continuait à être rond ! J'en connais qui courbèrent les épaules comme au sifflement d'un gros bâton au-dessus de leur tête. On vit également ment Burle entreprendre aussitôt des travaux dont il n'avait pas l'habitude (ni certainement l'idée). Aucun esprit ne pouvait ignorer qu'il y avait au-dessus de tout ça une fameuse tête.

Je ne restais jamais plus de deux jours d'affilée sans venir au Moulin de Pologne, et chaque fois j'étais saisi par des changements d'aspect étonnants. Ni Coste, ni Pierre de M..., ni Jacques n'avaient pensé au décor. M. Joseph fit tailler une allée dans le bois de bouleaux et l'étang se mit à luire au bout d'un couloir de reflets frémissants. Il fit planter des essences rapides, notamment des peupliers d'Italie ; non pas en allées, comme on le fait quelquefois ici, mais en bosquets. Ceci, évidemment, était de plus longue haleine mais, en même temps que je voyais certaines pièces de terre noircir ou verdir sous le travail de Burle, avec des pieds de vigne, du blé, du seigle, de l'avoine ou du sainfoin, j'étais, à chacune de ces premières visites, obligé de contourner de nouvelles pelouses qu'on retournait à la bêche, de corbeilles qu'on râtelait.

La maison elle-même fut habillée d'un lait de chaux éclatant, les boiseries extérieures repeintes dans un vert légèrement acide, les génoises[46] redentelées et les terrasses balayées de toutes les feuilles mortes, qui, accumulées, y étaient restées en tapis à longueur d'année.

Il ne faut pas croire cependant que M. Joseph avait la condescendance de vouloir créer ainsi un miroir aux alouettes. S'il avait voulu remplir de ce que nous avions de *têtes* sa petite chambre chez les Cabrot, il l'aurait fait avec aisance. Il n'avait pas à prendre des pincettes. Il les tenait par la peau du cou, comme des petits chats, et il les déposait où il voulait, sans être griffé ni mordu. Tout ce que je sais de lui interdit qu'on puisse songer à une telle faiblesse de sa part. Ce n'était pas pour eux qu'il organisait la séduction. C'était pour Julie.

De toute évidence, il n'avait que faire pour son compte personnel de cette société pépiante et calamistrée à contresens. Si l'on avait eu le moindre doute à ce sujet il aurait suffi d'observer le maître de maison pendant ces réceptions qui avaient lieu trois fois par semaine en grand et tous les jours en petit.

Il éclatait manifestement de joie à un point qu'il réussissait à donner de profondes satisfactions de fatuité à ses hôtes (qui en étaient si friands). Je sais très bien que M. Joseph pouvait tout imiter à la perfection : la joie, la colère, l'intérêt, la satisfaction, l'aménité, la générosité même ! Tout : à s'y tromper. Je sais très bien qu'il pouvait délibérément offrir de la fatuité comme du café ; que ses calculs pouvaient aller jusqu'à laisser bâiller certains défauts de la cuirasse par fait exprès. Mais, plus nous parlerons d'ardeurs dans ce travail diplomatique et d'emploi de science, moins il nous sera possible d'en comprendre le pourquoi si nous n'admettons pas qu'il aimait Julie et qu'il voulait lui donner le plus de choses possibles, et surtout ce qui lui avait manqué jusqu'à présent.

Il faut donc croire que c'était une variété d'amour (ce sentiment m'éberlue !).

Un soir — c'était à la fin de sa grossesse —, Julie eut devant nous quelques-uns de ces petits inconvénients de femme en cet état. Rien d'inquiétant : des bouffées de chaleur, quelques petits tortillements, j'imagine. Nous fûmes mis à la porte, tous en bloc, en moins de temps qu'il ne faut pour le dire. Il nous en aurait fait avaler les cuillers à café si ç'avait été nécessaire. Ce fut fait de main de maître. Je n'en revenais pas. Le plus drôle, c'est que je fus le seul à être éclairé par cet incident ; et même à remarquer la désinvolture insolente avec laquelle il venait de nous signifier notre totale absence d'importance. Personne ne lui en tenait rigueur. Même pas moi.

Nous traversions le parc pour rejoindre, qui son équipage, qui (comme moi et deux ou trois autres qui remontions simplement en ville) le sentier permettant de grimper en raccourci. Cabrot (employé maintenant à demeure au Moulin de Pologne) et trois valets escortaient la compagnie avec des flambeaux de très grand apparat. (Je fais remarquer tout de suite que cette cérémonie d'accompagnement était automatique et réglée une fois pour toutes très à l'avance. Il ne s'agissait aucunement de politesse ou de gentillesse. C'était comme ça. Il en avait décidé ainsi. Flambeaux ou café, c'était du même tabac : on ne pouvait rien en conclure de flatteur.) Sous cette lumière voletante le parc perdait ses frontières et paraissait occuper tout l'espace de la nuit noire. À chaque instant il découvrait des richesses inouïes qui, serties d'ombres, étincelaient d'un éclat incomparable. Des brasiers de roses pourpres à odeur de musc se mettaient à flamber sur notre passage. La fraîcheur du soir exaltait le parfum de pêche des rosiers blancs. À nos pieds, les tapis d'anémones, de renoncules, de pavots et d'iris élargissaient des dessins sinon tout à fait compréhensibles, en tout cas magiques, maintenant que la lumière rousse des flambeaux confondant les bleus et les rouges les faisait jouer en masses sombres au milieu des jaunes, des blancs et des verdures dont le luisant paraissait gris. J'ai ainsi vu moi-même des sortes d'animaux fantastiques : des léviathans[47] de lilas d'Espagne, des mammouths de fuchsias et de pois de senteur, toutes les bêtes d'un blason inimaginable. Au-dessus de nos têtes, les sycomores balançaient des palmes, les acacias croulants de fleurs inclinaient vers nous les fontaines d'un parfum plus enivrant qu'un vin de miel. Un froissement étouffé mais plus fort que le craquement du gravier sous nos bottines et qui parcourait les buissons me faisait imaginer comme une escorte de grands chiens souples autour de nous. Cabrot lui-même, malgré sa petite taille de cordonnier, en était solennel. (À moins qu'il n'employât à guinder sa démarche une ironie méprisante. Il en était fort capable.)

Je regardais cette procession de *beau monde*. Nous étions une vingtaine, hommes et femmes, tous silencieux. Ils devaient être en train de se demander si ce congédiement brutal et maintenant cette brusque plongée dans l'enchantement des flammes, des feuillages et des fleurs étaient du lard ou du cochon. Ils n'avaient pas dû être longs à trouver en eux-mêmes les raisons de tout admirer. Il y avait là le super-gratin. Quelques femmes fort belles, pas du tout paysannes, choyées en bijoux, s'étaient, je le savais, véritablement éprises de Julie. (Question de finesse : en quoi j'ai toujours envié les femmes. Elles ont des sens très déliés qui vont comme des vrilles de vigne s'enrouler autour de ce qu'on croit être de l'ombre et se révèle être, par la suite, l'armature la plus solide du monde.) Elles chuchotaient entre elles. Trop de bagues et de colliers où les flambeaux arrachaient des feux leur faisaient envier la tendresse intransigeante de M. Joseph qui était la part de Julie.

Même quand les équipages qui attendaient au rond-point du grand portail furent en vue, nous continuâmes à déambuler sans hâte et en silence.

En remontant mon raidillon, je jetai un regard en arrière au-dessous de moi. Les voitures trottaient par les chemins obscurs faisant sautiller leurs lanternes, emportant des jalousies et des envies dolentes, sans acidité, vers des fiefs cependant orgueilleusement plantés dans de la bonne terre. Les valets et Cabrot étaient en train de retraverser le parc en direction de la maison. Leur marche luisait comme du phosphore sous les arbres.

M. Joseph ne parlait jamais du destin des Coste. Je ne lui avais pas mâché les mots, le soir de notre premier entretien. Je ne m'étais jamais adressé à un sourd, cette fois-là moins qu'une autre. Je compris plus tard qu'il avait attaché une très grande importance à chacun de mes mots.

Je ne laissais pas cependant que de trouver assez enfantine cette façon de procéder envers une femme. Il dépensait ainsi des trésors qui eussent été mieux employés ailleurs. Avec la même volonté dirigée dans le bon sens il pouvait devenir le roi de la région. Le Moulin de Pologne était désormais considéré comme le domaine le mieux commandé. L'ordonnance des champs remplissait d'admiration même les spécialistes. Dès les premières années, des sommes importantes me furent confiées pour des placements. Je

ne me hasardai pas à les investir dans des entreprises douteuses.

On se demande sans doute comment M. Joseph
était arrivé si facilement à tenir et à faire manœuvrer toute notre bonne société si prompte à regim-
ber, de la même façon qu'il me tenait et me faisait
manœuvrer. Si, pour ma part, je m'étais engagé à
la suite de cet homme avec une sorte de tendresse,
c'est que j'avais la plus grande admiration (la plus
grande envie) de ses défauts, même de ses vices.
Ils n'avaient aucun rapport avec ceux auxquels
nous avions confié nos réussites et nos bonheurs.
Je l'avais pris pour un homme habile; c'est que la
force et la confiance en soi à un certain degré
peuvent ressembler à de l'habileté. Dans tout ce
qu'il entreprenait il partait vainqueur. Si les événements le contredisaient il n'admettait pas la
contradiction.

Dès qu'on était tombé dans la crainte et le respect qui suivent, on était dans ses pattes. Il n'y
avait rien de bon à en attendre. S'il existait vraiment un égoïste sur terre, c'était cet homme. Il ne
se souciait pas du tout de vos besoins. Il ne s'est
jamais soucié des miens. Question d'argent, c'est
entendu, il était d'une libéralité excessive. Simplement parce qu'il n'attachait aucune importance à
l'argent. Mais, pour dominer, imposer sa volonté,
aller à l'encontre de tout ce qu'un homme raisonnable peut faire ou désire faire, là alors il refusait
tout. Vous aviez besoin d'argent, de jambon, de
vin, de pommes de terre, même de superflu?...
Qu'est-ce que vous attendiez pour vous servir? Il
n'avait rien à lui. Vous preniez et vous vous ren-

diez compte que vous lui faisiez plaisir. Par contre, vous aviez besoin de marquer des points contre lui, de prendre ce qu'on appelle « *le dessus* », alors il était d'une avarice sordide pour les complaisances. À un certain moment je m'étais mis dans la tête de le faire céder sur des choses infimes. Il me semblait qu'il pouvait comprendre ça. J'étais arrivé à un point de notoriété où j'avais le besoin vital d'une petite victoire sur lui, si petite fût-elle et Dieu sait si je l'avais choisie petite. Je dus faire rapidement machine arrière.

J'aurais aimé avoir ce défaut.

Une fois, comme nous en étions à une sorte de déboutonné[48] où nous nous laissions aller l'un et l'autre avec un réel abandon, j'eus l'impression que je m'étais repris le premier et je me mis à parler avec une négligence très bien imitée de ce temps où il avait intrigué toute la ville.

« J'avais bien d'autres tours de bâton dans mon sac, me dit-il, mais, pour tout vous avouer, je m'étais donné congé. »

Je m'aperçus que, de tout ce temps-là, il avait épié avec un soin patient et sans défaut la moindre de nos réactions devant ses faits et gestes, qu'il en avait dressé le catalogue complet, qu'il le connaissait par cœur et qu'il n'avait pas cessé une minute de nous mener par le bout du nez en y inclinant sa façon de faire.

« Question d'habitude, ajouta-t-il, et seulement pour m'entretenir la main. »

Comme je m'étonnais qu'il ait pu consacrer son temps à tout ce théâtre :

« Mais, voyons, mon ami, me dit-il, c'est mon métier, où avez-vous la tête ? »

Je fus (on conviendra qu'on pouvait l'être à moins) désarçonné par cette nouvelle. Le ton cynique était particulièrement inquiétant ; jusqu'à sa voix qui avait mué ! J'avais déjà entendu cette voix, vu des regards et des bouches ironiques semblables à notre poste de police chez des *rebuts de la société*. Ici, certes, ils me venaient du haut de ses un mètre quatre-vingts, d'entre la barbe et les cheveux les plus candidement blancs qu'on pût arborer, mais ils découvraient en raison même un danger bien plus grand.

« Votre métier à vous, poursuivit-il, c'est quoi, somme toute ? Trouver un moyen légal pour faire passer dans votre poche ce qui est dans la mienne. Y a-t-il au monde un autre métier ? Je vous croyais plus averti. »

Je serrai juste à temps les lèvres que j'allais ouvrir par besoin de gloriole (tant il m'était nécessaire de briller devant lui). Je n'étais pas non plus tombé de la dernière pluie. Je me remis assez promptement en selle et, quoique encore un peu vacillant, j'engageai des fers assez délicats. Il se découvrit libéralement avec la témérité qu'il mettait en toute chose. Tous mes coups passaient, sans l'atteindre d'ailleurs, je dois dire : il paraissait ravi. Je n'avais, comme on dit, plus un poil de sec. Était-ce donc là un de ces fameux aigrefins comme on prétendait qu'il en arrive parfois dans les chefs-lieux de canton éloignés ? Il était en réalité difficile de le savoir. Ne lui avions-nous pas, et à maintes reprises, offert dix fois plus que ce qu'il avait pris ?

J'étais déjà, à cette époque, en relations avec un

vieux procureur de Grenoble qui, une trentaine d'années auparavant, s'était occupé mi-officieusement, mi-officiellement d'une très sombre histoire de crime paysan. Il m'en avait parlé chez les de S... auxquels il était apparenté et chez qui il venait passer la saison du froid. C'était un homme très gras, maintenant presque absolument confiné entre les bras élargis à sa mesure de son fauteuil mais resté extrêmement vif d'esprit et qui s'intitulait : « *Profond connaisseur du cœur humain et amateur d'âmes*. »

Le hasard fit que je pus le rencontrer quelques jours après cette fameuse conversation *d'abandon*.

« Tout est possible, me dit-il avec bonhomie, et rien n'a d'importance. Cet homme-là fait-il l'affaire ? »

Je lui demandai de quelle affaire il voulait parler.

« Est-il capable de vous secouer les puces et le fait-il ? Si oui, ne cherchez pas midi à quatorze heures et bénissez le Seigneur, tous tant que vous êtes : c'est le signe de sa miséricorde. »

J'étais habitué à ses plaisanteries et sans égard pour sa sieste auprès du feu je le poussai un peu plus loin. Il y alla de bon gré.

« A-t-il menti quand il s'est targué de l'appui sans réserve des autorités ? Non. Le Conseil d'État a-t-il mis un veto quelconque à ses desiderata ? Non. A-t-il surestimé sa puissance auprès du ministre ? Non. Pouvons-nous imaginer qu'il n'est pas, comme il l'a prétendu, soutenu (et peut-être obéi, comme vous m'en avez corné les oreilles tous les uns après les autres) en haut lieu ? Non. C'est vraisemblablement alors un malfaiteur public, comme vous le pensez, mais d'une taille qui échappera toujours à vos poursuites et surtout à vos désirs de poursuite. »

Je ne pipai naturellement pas mot.

« Vous a-t-il pris autre chose que l'honneur ? » poursuivit-il.

Personne ne le prenait plus pour un jésuite... C'était remisé avec les vieilles lunes. On ne se servait plus du titre que pour essayer de raviver la jaunisse de M. de K...

On se contenta, en petit comité, de plaindre la *pauvre* Julie. Cela fit passer son bonheur comme une lettre à la poste.

Elle s'habillait *divinement* bien. Même pendant sa grossesse elle réussit ce que toutes les dames appelèrent « des prodiges ». Sa silhouette ne fut pas un seul instant gâtée. Dans ses langueurs où elle avait les yeux mi-clos, elle était jolie comme un cœur. Il nous arriva de nous regarder les uns les autres interloqués.

S'il lui restait quelque chose de son ancienne indécence, c'était dans les manifestations de tendresse à M. Joseph. Là, devant qui que ce soit, elle était sans mesure et sans prudence. Personne ne comptait, sauf lui.

Elle fut enceinte longtemps après les délais. Il n'y avait absolument rien à compter sur les doigts. Cela fut inscrit à son crédit, sans réticence aucune.

Elle avait vingt ans de moins que son mari mais c'était pure question de calendrier. Combien de nos amazones auraient abandonné leurs sigis-bées[49] pour lui! Si elle était excessive dans ses marques d'amour en public il était, lui, pour les mêmes choses, toujours précis et sans équivoque. Il saisissait cent occasions pour poser sa main sur l'épaule de sa femme; certaines fois il les provo-quait. Il lui flattait aussi parfois la joue avec une caresse du dos des doigts ou bien, du bout de l'index, il lui lissait les cheveux près des tempes. À partir de son mariage, il ne s'éloigna jamais d'elle.

Après la naissance de son enfant, Julie prit, je ne sais où, une voix nouvelle. Elle l'employait à parler à son bébé et à son mari. C'était comme un roucoulement de colombe. Elle s'en servait aussi pour prier.

J'étais parfois retenu à dîner au Moulin de Pologne, les soirs ordinaires, c'est-à-dire sans réception. Dès que la table était desservie Julie disait : « Prions Dieu. » Nous baissions tous le nez vers la nappe.

Julie récitait le Pater, l'Ave, les litanies, les prières pour les voyageurs égarés dans les tem-pêtes, la prière pour les mourants. De temps en temps M. Joseph disait doucement : « Coupe court, Julie. » Mais elle trouvait toujours des gens pour qui il fallait prier. Son âme n'avait pas d'ins-tinct de conservation.

Un soir, nous bavardions à bâtons rompus tous les trois : elle, son mari et moi (c'était peu de temps avant sa délivrance; je me souviens par l'appréhension que j'en eus aussitôt). C'était l'été, nous étions sur la terrasse : M. Joseph et moi dans le rai de lumière qui venait de la porte ouverte du salon; elle avait reculé son fauteuil dans l'ombre.

156

Je ne sais plus à propos de quoi elle dit : « Je ne veux pas être plus heureuse que les autres. »

C'était à mon avis une si imprudente déclaration de bonheur qu'il me sembla entendre siffler l'enfer dans la profondeur des sycomores.

L'enfant — c'était un garçon — fut appelé Léonce. Sa toute première jeunesse se passa fort vite et fort bien. Il est vrai que de tout ce temps-là je fus occupé par le procès que M. Joseph mena contre les Compagnies parisiennes qui s'étaient emparées de la Commanderie. Nous passâmes par des alternatives de victoires et de défaites ; les plumes volaient de tous les côtés, je dépensais mon temps sur les chemins et les routes dans des voyages insensés où il faut chercher l'origine de tous les maux qui m'accablent maintenant pendant ma vieillesse. J'y gagnais d'ailleurs, déjà à ce moment-là, un flux d'oreille très gênant.

Je fus très surpris quand je rencontrai Léonce sur ses deux pieds et bien planté. J'avais l'impression qu'il était né la veille. Il avait déjà cinq ans.

Nous n'étions arrivés à rien avec nos procès. J'y avais perdu, comme on dit, mon temps et ma belle jeunesse, à part quelques relations que je m'étais faites et la connaissance d'une façon de procéder (que j'employais quelquefois pour mes propres affaires, mais avec prudence).

Il nous resta malgré tout une pièce de terre à usage de pâture maigre, et une bergerie, sise en bordure des collines. Le tout valait à peu près deux cents écus. À part ça, la Commanderie s'était envolée en fumée. Mais la chose fit grande impression en ville. Les paysans disaient de M. Joseph que c'était un « *bon homme* ».

Je n'aurais certainement pas accordé cinq minutes d'attention à Léonce si je n'avais vu l'importance que M. Joseph donnait à cet enfant. C'était « *le Dieu qui faisait pleuvoir*[50] » ! Je pris grand soin de l'examiner sur toutes ses coutures.

Cet homme de passion, de haine et de grande activité forma son fils jour après jour avec une patience d'ange. La chose était commencée depuis longtemps quand je pris à tâche de voir où tout cela menait.

Léonce devint un très beau garçon ; triste.

Le siècle inclinait à la facilité dans les sentiments. Il continuait à les placer, lui, dans des endroits très escarpés. Il s'essoufflait, suait et se déchirait où les autres faisaient de la grand-route en bottes molles et chemise de soie. C'étaient la témérité de son père et le romantisme de sa mère. Bien d'autres choses lui venaient encore du côté des Coste. C'était, entre autres, une très grande aptitude à la dissimulation. Il n'était pas question, bien entendu, d'en jouer à son profit ; il ne s'en servait que pour cacher complètement une très grande partie de lui-même : la meilleure. Les rapports avec lui en étaient toujours faussés, et irrémédiablement car, d'une timidité farouche (faite en grande partie de fierté) il se serait fait *couper la tête* plutôt que de montrer ce qui pouvait lui donner gain de cause, ou éblouir.

Il confiait sa vie entière, sans aucune réserve, à un idéal de forme et de formule généralement impossible à réaliser sur terre (il était dans cet ordre d'idées d'une naïveté étonnante) et il avait toutes les forces voulues, toute la patience, tout le courage qu'il fallait pour s'obstiner mordicus dans sa décision sans tenir compte ni des risques ni des périls.

Son caractère, extrêmement ferme pour les rêves quand il s'agissait d'employer toutes ses forces à essayer de les réaliser, ne lui permettait aucune facilité. Il s'en permettait une seule : la solitude, à quoi l'inclinait son tempérament. Il pouvait vivre indéfiniment seul, mais il fallait être dépourvu de la plus modeste des intelligences pour méconnaître son extraordinaire appétit d'amour que son mépris apparent dissimulait par timidité.

L'imagination de Léonce était fort vive et je dois dire qu'à maintes reprises elle m'épouvanta. Ce jeune homme (car je connus ce trait de son caractère quand il était encore un jeune homme) ne voyait pas, n'avait jamais vu le monde réel.

Il créait tout ce dont il avait besoin : pureté, fidélité, grandeur. Dans la solitude absolue où il se maintenait c'était facile. (Comment lui qui avait tant d'aversion pour la facilité et qui exigeait tant de lui-même ne s'apercevait-il pas qu'il prenait là le biais le plus facile ?) Il faut surmonter de plus grandes difficultés pour vivre dans le monde réel impur, infidèle et médiocre.

À l'époque des premiers combats qu'un jeune homme de sa qualité, de sa réputation, de sa beauté, de sa richesse doit mener contre le monde (et où n'importe qui pouvait, semblait-il, le jouer gagnant les yeux fermés) il perdit à chaque coup. Il avait la force et la précision de son père, sa violence aussi (et celle de son oncle Jean), l'ardent désir des victoires les plus triomphales, le besoin d'une sorte de pompe, cette générosité princière qui a soif de se répandre (avec, dans cet ordre d'idées, une démesure qui lui faisait ajouter à l'argent l'amour, l'amitié, le dévouement, le don de lui-même sans réserve — et qu'il tenait de sa mère); mais il descendait d'une famille qui s'était usé les yeux à regarder la mort en face et Julie lui avait légué une myopie de cœur qui brouillait l'emplacement de la cible. Tous ses coups étaient à côté. Jalousés comme étaient son père et sa mère, quand on s'aperçut qu'il était trop fier pour crier au secours, il récolta une bonne série de balafres qui mirent longtemps à se cicatriser (les plus profondes firent même du pus).

Évidemment, si l'on y réfléchit, ce fut la pente naturelle et tout était bien combiné. À côté de la cible véritable qu'il n'apercevait jamais, il *inventait* une cible illusoire qu'il atteignait sans manquer. Comme il aimait le beau, je pense à la façon de chanter de Julie, le monde qu'il créait de toutes pièces était beau dans ses moindres détails; et comme il n'était pas méchant, les êtres avec lesquels il avait commerce étaient parés, avant toute chose, des qualités les plus rares. Il passa son temps à *déchanter*. Mais l'esprit de son père le faisait aller au-devant du danger avec une désinvolture et un courage méprisants, et la façon désespérée de mépriser de Julie et des Coste l'engageait à se précipiter de son plein gré dans les pièges les plus cruels et trouver un sombre bonheur à en sentir les mâchoires claquer sur le plus sensible de lui-même. Cela déconcerta ses adversaires. Il

160

prit l'habitude de trouver aux défaites un goût de victoire.

Quelle admirable école s'il avait été destiné à être sauvé! Je pense à moi, par exemple! Faire son compte après des expériences semblables, c'était payer bon marché le droit absolu d'être cruel sans défaut.

Mais il ne fit jamais aucun compte. Si je m'en étonne, je comprends que je raisonne alors avec ma propre expérience du monde; il ne pouvait, lui, faire aucun compte puisqu'il ne voyait jamais ni un homme ni une femme véritables.

Ou alors si, sur le coup d'une blessure plus aiguë, il s'attachait à regarder de très près l'être humain qui la lui avait infligée, il passait à l'exagération inverse et à partir de défauts ou de vices pour quoi, vous et moi, aurions eu la plus grande indulgence désabusée, il inventait, pour les besoins de ses colères (extrêmement violentes), des monstres infâmes, caricatures abominables de nos turpitudes les plus courantes et les plus naturelles.

Il était d'une violence où je le vis plusieurs fois sur le point de se perdre, comme un brasier qui se dévore lui-même.

Ses colères étaient nourries furieusement par son imagination. En vérité, elles n'étaient que le moment où sa démesure d'esprit (qu'aucun jugement sain des choses d'ici-bas ne pouvait arrêter) devenait maîtresse de ses muscles et de ses nerfs. Cet état auquel il se laissa aller plusieurs fois de façon regrettable lui fit prendre, à dix-huit ans, une très importante décision. Il faillit tuer un homme ; pas grand-chose en vérité et qui n'aurait laissé de regrets à personne, mais, pour lui, un homme. Il entreprit de se dominer. Et il y arriva. Mais ce n'était qu'une façon de plus de se dépenser, je dirai même de se *jeter par la fenêtre*, car la bataille qui avait été rapide et décisive en cinq sec (il n'avait même pas froissé ses manchettes) s'était déroulée au su et au vu de tout le monde sur un pré de foire, lui avait gagné tous les cœurs et toutes les sympathies.

À quinze ans, il était l'orgueil des réceptions du Moulin de Pologne. L'enthousiaste crédit qu'il accordait à tout et à tous en faisait la coqueluche des dames. Je les sentais bien un peu embarrassées parfois par sa droiture, mais, pour ce qu'elles voulaient en faire, elles s'en accommodaient. J'en voyais cependant, parmi les plus carnassières et les plus fines, qui s'entouraient de précautions.

Julie le buvait du regard. Cette femme romantique avait donné à Léonce une sorte de procuration générale pour vivre à sa place la vie héroïque qu'elle avait toujours désiré vivre. Cela n'était pas fait pour arranger les choses. Elle avait avec lui des tête-à-tête langoureux où elle était loin de lui parler en mère. S'il avait été possible d'en faire un fat, elle y serait arrivée. Il eut toutes ces intrigues de jeunes gens qui sont sans importance mais dans lesquelles il voyait toujours la fin de sa vie et où il payait chaque fois en conséquence bon cœur bon argent. Julie exultait et l'appelait « son beau ténébreux ». Elle ne voyait pas qu'au lieu d'y prendre de l'entregent et du doigté, Léonce y perdait une fortune de sentiments.

M. Joseph avait à ce moment-là entre soixante-cinq et soixante-dix ans mais rien ne pouvait faire croire à la diminution de ses facultés intellectuelles. J'en sais quelque chose. Il ne se trompait que sur l'emploi à en faire. Il avait dévoilé ses batteries ; elles n'étaient pas du tout braquées sur les cheminements de l'adversaire : il construisait une dynastie !

VI

Préparez tout pour une grande fête[51].
Da Ponte — Mozart : *Don Juan.*

M. Joseph aimait Léonce comme la prunelle de ses yeux. Il lui bâtissait un empire. J'étais le général en chef. Je connais donc bien cette passion à laquelle j'ai travaillé comme associé, ou complice, ainsi qu'il avait dit ce fameux soir d'hiver. Il me poussait au gros de la mêlée et je faisais donner la garde.

Cependant, si je pense à cet homme important, majestueux, *quoique maigre*, qui nous avait tous bouclés en un tournemain, si je le revois en bottes et cravache, entouré de ses décalques de cadastres, usant quatre crayons rouges de deux sous par semaine, à faire des ronds, des étoiles et des flèches autour de parcelles convoitées, je sens qu'il était à ce moment-là la marionnette du destin et je me demande s'il ne l'a pas toujours été.

Hiver comme été, je devais me présenter tous les jours à cinq heures du matin dans son cabinet. Il m'y attendait. Il avait déjà bu son café. Nous consultions les listes et les dossiers. Sur les listes étaient marquées les cotes et les numéros d'ordres et de folios de toutes les enclaves des terres du Moulin de Pologne, de toutes les pièces qui entraient en coin dans nos champs, de tous les triangles, becs-de-canard[52], bordures, talus, vagues, contre lesquels butaient nos semences. Dans les dossiers se trouvaient les enquêtes policières sur les propriétaires de ces parcelles : les empêcheurs de labourer en rond, comme il les appelait. Mais ne nous trompons pas : il ne s'agissait ni de labeur ni de labourage; je connais la fièvre paysanne; il ne l'avait pas.

On se trompait en imaginant qu'il était à la recherche de bonnes affaires ou de bons coups. Je l'ai cru au début; j'y ai vite perdu mon latin. Il payait rubis sur l'ongle et sans discuter, donc le gros prix. Le chiffre qui était lancé au hasard était toujours accepté immédiatement, sans réserve. Cette hâte lui évitait heureusement le mépris du vendeur (qui est si lourd à supporter dans notre société) ce dernier ayant tout de suite l'idée qu'il était roulé, malgré tout. Dans quoi l'enfonçait encore plus le sourire narquois de M. Joseph.

Quand le domaine du Moulin de Pologne fut bien rafistolé, brossé, repassé, *tuyauté*[53] de sillons, tapissé de vignes, fleuri de vergers, entièrement remis à neuf, on commença la chasse aux terres avoisinantes.

Tout était tellement vivant et lumineux dans l'atmosphère de M. Joseph que j'avais perdu de vue le destin des Coste, l'hypothèque que Julie avait apportée en dot à ce mariage et qui devait peser dans l'héritage de Léonce. M. Joseph ne l'avait pas oubliée; il y pensait sans cesse. Il était trop averti des choses de ce monde pour s'illusionner sur la bonne volonté du créancier; il était impossible d'imaginer qu'on puisse s'entendre et transiger avec quelqu'un d'aussi peu *coulant*. Il ne pouvait même pas se dire : « Qui doit à terme ne doit rien[54]. » Il était débiteur d'une traite *à vue* qui pouvait, n'importe quand, le mettre en une faillite totale dans laquelle il n'était même pas question de lui réserver un oreiller pour reposer sa tête; alors que chacun (et même moi, à l'époque où je le jugeais semblable au commun des mortels) le croyait riche du Moulin de Pologne engraissé et rebondi, il n'était riche que de Julie et de Léonce. Aimer cette femme (qui d'ailleurs n'était plus laide maintenant qu'un homme l'aimait) cela devait être facile en raison même de ce destin constamment menaçant.

J'ai connu des jaloux qui avaient trouvé *le mouvement perpétuel* de l'amour en apprenant l'existence d'un rival ayant des chances. Ils devenaient des *cancers* de générosité.

Ici, certes, il ne s'agissait pas de banalité : d'équipages, de bijoux, de boudoirs, de satins ou de soies, ni d'une banale infidèle qu'au bout du compte ces médiocres cadeaux, sans aucun rapport de valeur avec l'esprit qu'ils provoquent, trompent plus complètement qu'elle ne pourra jamais le faire avec sa simple matière. Il s'agissait de cette Julie qui, de guerre lasse, s'était déjà donnée au mépris public et d'une générosité qu'aucune démesure ne pourrait jamais rendre suffisante en face de l'irrésistible don Juan des ténèbres.

Aussi bien, M. Joseph ne se ruinait pas en trotteurs, en grooms, en étoles et en fourrures ; il se ruinait en raisons d'espérer. Il en avait acheté à toutes les boutiques ; il nous en avait acheté à nous-mêmes. C'est pour donner des raisons d'espérer à Julie qu'il avait abattu M. de K... et subjugué du même coup toutes nos têtes. C'est dans ce même but qu'il tenait en bride toutes les bonnes familles du canton et qu'il les faisait une fois par semaine virevolter à la chambrière[55] dans ses salons ou passer au pas espagnol près du fauteuil de sa femme et autour de son fils ; c'est dans ce même but qu'il achetait des territoires entiers.

Tous les dynastes pour lesquels j'avais travaillé jusque-là finissaient par trouver leurs limites dans un point quelconque de l'étendue ou du temps. Leurs frontières butaient un beau jour sur une haie de saules infranchissable ou sur le *requiescat in pace*[56]. L'univers de M. Joseph ne finissait pas avec l'horizon, quel qu'il soit, car il ne se servait en rien de la vulgarité des choses mais seulement de l'aspect qu'elles ont. De loin, les collines sont d'azur. C'est quand on s'approche à les toucher qu'elles deviennent des amas de terres arides et de guérets déserts. M. Joseph ne s'approchait pas de la *propriété* et en tenait Julie et Léonce éloignés. Malgré tous ses décalques de cadastre, il n'entendait jouir que du *point de vue de Sirius*[57].

Malgré tous les actes notariés et les territoires assemblés sur lesquels la charrue et la herse du meilleur fermier de la région tiraient droit à perte

de vue sur du *solide*, le royaume qu'ils construisaient était loin d'être de ce monde[58]. C'était de
l'azur pur et simple, établissant ainsi autour de
Julie et de Léonce et préparant autour des descendants de cette race traquée une ronde d'espaces
organisés pour l'espoir terrestre.

À bien y réfléchir, c'était la plus belle nique qu'il
puisse faire au destin. On comprend très bien
qu'un homme qui aime se paye le luxe *devant et
pour* l'objet de son amour; surtout dans les circonstances où étaient M. Joseph, Julie et Léonce.
Être à la merci non seulement d'un hameçon mais
d'une simple cerise, comme les événements
l'avaient prouvé, ne permettait aucun repos du
cœur. Il n'est pas possible d'aimer sans violence
(ou sans biais) quand on sait que la plus petite des
mouches peut à chaque instant détruire l'être qui
contient toute votre joie de vivre. M. Joseph était
certainement obligé de fabriquer sans cesse la
plus abominable des jalousies. « Bienheureux,
devait-il se dire, ceux qui ne sont jaloux que des
autres hommes. » Je le voyais souvent regarder
Julie d'un drôle d'air. Il devait penser : « Je ne
peux pas avoir confiance en elle. N'a-t-elle pas été
déjà complaisante à l'extrême avec ce qui peut à
chaque instant encore me l'enlever? »

Elle n'avait pas résisté à la séduction de l'enfer.
Il en avait des preuves tant et plus. Il pouvait se
les repasser en mémoire tout le long du jour, il n'y
avait pas moyen de douter, même en se forçant à
la naïveté. C'était une certitude absolue. Au
moindre signe, même pas de la mort, au moindre
signe des préliminaires de la mort, elle se ruerait

à corps perdu de ce côté avec la coquetterie des Coste; se déshonorerait et le déshonorerait avec appétit, sans aucune réserve ni retenue, ferait parler d'elle, se compromettrait encore, libéralement aux yeux de tous, étalerait sa trahison, le tromperait au su et au vu de tout le monde!

Il y avait certainement chez M. Joseph une grande part d'amour-propre. Je ne crois pas qu'il existe des saints. Il se servait avec trop d'intelligence de sa qualité pour n'avoir pas une haute opinion de lui-même. Enfin, quand il avait bien souffert d'amour-propre, qu'il s'était soigneusement blessé à l'endroit qui ne guérit pas avec l'idée qu'il serait berné, il souffrait d'amour pur et simple. La perdre et rester seul! La remplacer *par quoi*? (Il n'était même pas question de se demander *par qui* on pouvait la remplacer; il avait vu les Sophie et les Éléonore!) Il n'y avait de ressources qu'en cessant d'aimer. C'est ce qu'il fit, je crois. Mais des hommes de la taille de M. Joseph *ne passent pas au suivant*, comme les hommes de petit format. S'ils abandonnent, c'est par instinct de conservation. On ne peut pas savoir qu'ils n'aiment plus. Eux-mêmes l'ignorent mais ils font désormais *ce qu'il faut pour vivre*; la vie tient à eux; cela doit être bien désagréable.

Ces champs, cette cour, ce royaume, que dis-je, cet empire, entassés autour de Julie, c'était la garde matérielle de son bonheur à elle qu'il assurait ainsi comme avec des Suisses et des courtisans; lui s'était démis de la garde spirituelle qu'il avait censé faire contre la séduction du destin accepté. Contre ce besoin il ne pouvait rien. Elle l'avait dans le sang comme d'autres ont le besoin d'être *peaux*[59].

Qu'il fût un éblouissant personnage pour nous tous, cela lui faisait une belle jambe! Le seul être qu'il eût voulu éblouir ne regardait pas de son côté. On aurait beaucoup étonné Julie si on lui avait dit qu'elle n'aimait pas son mari, lui était infidèle. Elle n'aurait pas compris, elle *qui ne vivait que pour lui*, était aux petits soins, en adoration devant lui depuis le soir où il l'avait *enlevée* du Casino de la ville, d'entre nos pattes. Mais M. Joseph était trop malin. Sa femme avait des antécédents qu'il ne pouvait pas oublier, auxquels il pensait sans cesse. Une mouche, une cerise, un hameçon pouvaient la lui prendre à chaque instant. Elle n'était pas de celles qui crient, se défendent, appellent à l'aide et ne succombent qu'à bout de forces. Elle aimait de ce côté-là; elle s'offrait. N'avait-elle pas fait toutes sortes d'avances? Le destin n'est que l'intelligence des choses qui se courbent devant les désirs secrets de celui qui semble subir, mais en réalité provoque, appelle et séduit.

Si j'anticipe pour bien montrer jusqu'où la malice de ce sort peu commun se poussa, je peux dire que M. Joseph, comme il était *naturel*, vu son âge, mourut *avant* Julie, d'une mort à laquelle il n'y avait rien à reprocher. Je me souviens des quelques jours qui précédèrent son silence définitif. J'étais près du lit, sinon accablé, du moins très embêté et je n'oublierai jamais la petite conversation suivante. M. Joseph, les narines déjà pincées, était très calme et très paisible. Julie ne lâchait

pas sa main et lui parlait de *la vie éternelle*. « Ah !
certes non, dit-il. — Pourquoi ? dit-elle à voix
basse. — Tu verras », dit-il en souriant avec indulgence.

Par une sorte de grâce d'état, je ne crois pas que
M. Joseph ait jamais pensé que Léonce portait
également en lui le destin des Coste. Il entraînait
le jeune homme avec lui (avec nous) dans les
champs, chaque jour et pendant tout le jour.

Le garçon était, il faut le dire, de toute beauté.
Secret et noir, élancé, et d'un visage qui respirait à
la fois la bonté et l'ardeur, il était *irrésistible* (si
j'en juge par l'attrait qu'il exerçait même sur moi).
À la lettre, des yeux de biche, tout luisants à la
moindre émotion. Fort comme un Turc, visible-
ment toujours sur le point d'être emporté par la
plus folle audace mais toujours courtois, poli et
d'excellente compagnie.

Il montait superbement à cheval. Il fit son service dans les spahis (corps nouvellement créé qui
était à ce moment-là tout de parade). Je connais
au moins trois jeunes dames de par ici qui firent
le voyage de Tarascon pour aller voir Léonce dans
son manteau rouge.

Léonce fit la connaissance d'une demoiselle
Louise V... Elle était d'excellente famille : indus-
triels, riches, les V... avaient élevé leur fille unique
loin du coton et fort bien. Elle était cultivée et
sage, jolie au surplus et aimait manifestement
pour la première fois. Enfin, notre beau ténébreux revenus nous en rebattait les oreilles. Il
était, quoique séparé d'elle, d'une fidélité de fer et
fit servir sa désinvolture, son mépris et ses beaux

gestes à dire cette fois carrément leurs faits à nos pigeonnes, très décontenancées et qui en prirent de vraies passions. Il employait ses ténèbres à toute une correspondance quotidienne et même bi-quotidienne avec Louise et ne vivait littéralement que des lettres d'elle qu'il recevait chaque jour.

Il fallut à la fin faire venir les V... Réceptions où M. Joseph déploya une grâce et une séduction sans égales, où Julie, pour la première fois de sa vie, chanta devant tout le monde. Elle nous posséda jusqu'au trognon. J'avais bu un peu de vin ; je pleurais. Je n'étais pas seul ; nous avions tous la larme à l'œil. Je blague. Mais il faut blaguer car je ne peux pas donner une idée de la solennité (le mot n'est pas trop fort) de cette journée. Même les V... qui, venant de fort loin et étant chez nous pour la première fois, ignoraient tout, j'imagine, du destin des Coste, étaient bouleversés par l'événement. Je ne parle pas seulement du chant de Julie qui n'eut que sa place dans l'ensemble, mais de l'atmosphère quasi magique dans laquelle tout se passa. Nous nous déplacions tous comme dans un aquarium, avec une lenteur dans laquelle il y avait comme un doute sur l'opportunité du moindre de nos gestes. Même nos cocodettes[60] dont quelques-unes étaient là avaient perdu le brillant de leurs plumes. Dieu me pardonne si on ne vit pas un peu de candeur véritable dans leurs yeux ! Léonce et Louise, côte à côte, face à face, ne voyaient rien qu'eux-mêmes et gardèrent sur leurs lèvres, du commencement à la fin, un beau sourire triste et satisfait.

J'eus l'occasion, avant le mariage, de parler souvent avec Louise. M. Joseph était inflexible en ce qui concernait l'inspection du domaine à cheval chaque matin. Il exigeait la présence de Léonce à ses côtés. Ce dernier n'essayait même pas de se dérober. Il se conduisait vraiment comme un homme, aussi bien en ce qui avait trait à son assiduité près de sa fiancée qu'au respect qu'il avait toujours témoigné à son père. M. Joseph d'ailleurs avait besoin de ménagements et d'un peu de surveillance. Il avait eu une demi-petite attaque. On avait accumulé les diminutifs mais il avait bel et bien reçu un premier coup de semonce. À son âge, cela ne pouvait avoir d'autre signification que celle que tout le monde comprenait. Moi-même, j'avais eu de telles crises de lumbago que, non seulement le cheval, mais les longues marches m'étaient interdites. Je dépassais la cinquantaine d'ailleurs.

Louise, levée de bonne heure, assistait au départ de son cavalier puis aimait à rêver sur la terrasse. Je venais m'y dégourdir les jambes entre deux apurements de comptes.

C'était la jeune fille la plus exquise qu'on pût rêver. On a dû remarquer que les femmes ne m'en imposent pas; je suis d'autant plus à mon aise pour dire que celle-là était la perfection même.

Elle semblait faite *sur mesure* pour Léonce. Il pouvait vraiment s'engager pour la vie. Il le faisait sans réticence, avec sa bonne foi habituelle, mais en plus toute la gravité nécessaire. Sa vive intelligence, sa sensibilité affinée par l'hérédité dont il était la pointe, peut-être même l'instinct qui

pousse obstinément vers le bonheur, lui donnaient une connaissance assez complète, je crois,
des qualités de Louise. Il n'y avait ni équivoque ni
malentendu d'aucun côté. Les difficultés (s'il y
avait eu difficultés) semblaient avoir été aplanies
à l'avance. Ni du côté des V... ni du côté des de
M... on ne pouvait en apercevoir *la queue d'une* [61].
Je n'avais qu'une peur : c'était trop beau pour être
vrai.

Je mis assez longtemps pour me défaire de cette
peur. Les premières années du mariage, si j'en
juge par le spectacle de toutes les galères que j'ai
vues autour de moi, furent une extraordinaire
réussite humaine. Il n'y avait pas l'ombre d'un
doute. Les années suivantes furent encore plus
belles, s'il se peut. Chaque journée semblait
prendre à tâche de confirmer le bonheur sans
mélange le plus égal.

Il y avait naturellement, comme il se doit, de
petits ennuis, de petits regrets (heureusement,
pourrions-nous dire) parmi lesquels le fait que le
mariage ne semblait pas être sous le signe de la
fécondité. Des médecins consultés confirmèrent
les uns après les autres qu'il ne s'agissait ni de la
faute du mari ni de la faute de la femme. Par un
hasard, disaient-ils, où tout le monde perd son
latin et qui pouvait changer du jour au lendemain.

Je ne sais pourquoi cette stérilité inexplicable
me rassurait ou, plutôt, je le sais. Je me disais :
« Cette fois, le montant de la facture n'est pas
exorbitant. Le prix n'est pas surfait. On peut payer
sans faire faillite. Les Coste vont finalement mourir de leur *belle mort*. Mettons encore dix ans,

vingt ans, si on veut, de ce glorieux bonheur et même le coup du lapin le plus brutal sera parfaitement acceptable. » J'allais jusqu'à dire qu'il était acceptable sur-le-champ tant il n'y avait rien à désirer de plus que ce que ces deux êtres avaient.

Mes craintes avaient une autre raison plus éminente encore pour s'apaiser. Je voyais, de mes yeux, le sort commun s'occuper des de M... Je monte en épingle le bonheur pur de Louise et de Léonce mais en réalité, aux yeux du profane, il était à peine visible. Le domaine, immense, et qu'on continuait à agrandir peu à peu sans difficulté ni effort ne donnait aucun ennui.

M. Joseph vieillissait comme tout le monde et de la même manière, perdant quelques qualités, gagnant quelques défauts, très résolument égoïste, tatillon, conservant sa noblesse de pensée mais s'en servant avec beaucoup plus d'habileté que par le passé. Il mourut finalement comme j'ai dit, en échangeant quelques mots curieux avec Julie.

Après cette mort, j'avoue que j'attendais quelque éclat. Tout était trop ordinaire. Julie se désespéra comme quelqu'un qui perd son bonheur entier, ni plus ni moins; baissa subitement, comme il se doit, perdit son lustre, fit réapparaître son œil louche et sa bouche tordue, mais je m'aperçus tout à coup de la banalité de cette infirmité.

Léonce monta sur le trône et prit les rênes du gouvernement. Je vieillissais, moi aussi. Il m'était parfois désagréable de constater que mon nouveau maître était de qualité égale sinon supérieure à l'ancien et que mes leçons étaient superfétatoires. On ne me le faisait jamais sentir. J'en voulais un peu à Léonce du respect qu'il me témoignait.

J'avais souvent aussi le sentiment que je possédais maintenant assez d'argent pour prendre mon repos.

Louise était malade. Pas gravement, sans aucun doute, puisqu'elle ne perdait pas un atome de sa fraîcheur et de sa gentillesse. Naturellement, elle avait dû dissimuler son mal depuis quelques années. Cela la tenait aux jambes, plus exactement aux hanches qui, évidemment, quand on se mit à y faire attention, avaient beaucoup minci. Elle eut de plus en plus de difficulté à se mouvoir. On consulta des spécialistes, on fit les traitements les plus abracadabrants.

Elle fut un beau jour tout à fait incapable de bouger le bas de son corps. Les rebouteux firent leur apparition, les sorciers et les marchands d'herbes. On ne prononça pas le mot de paralysie jusqu'au moment où Louise le prononça elle-même en souriant.

Léonce s'occupait activement et avec beaucoup d'intelligence de ses terres. Maintenant que le goût du royaume avait passé avec son fondateur, le rythme de vie et l'air qu'on respirait au Moulin de Pologne étaient en tous points semblables à ceux qui animaient les domaines voisins et sans doute tous les domaines de l'univers.

Je ne servais plus à rien au Moulin de Pologne sauf à m'y faire, sans utilité pour personne, un sang épineux. Je réglai mes affaires fort bien, sans hâte, ne perdant pas une seconde de vue le domaine et ses habitants, prêt (je le jure) à revenir instantanément sur ma décision au moindre signe de danger. J'eus beau faire traîner les délais, rien d'autre ici ne se montrait que la paix et le bonheur. Or, quand on règle des affaires semblables aux miennes, un jour vient, au bout de tous les délais, où il faut signer le reçu pour solde de tout compte. Après, on doit vider les lieux. Mon opinion était faite et j'avais pris toutes mes dispositions pour m'en aller d'ici. Malgré tout, je m'attardais. Je tremblais à l'idée que quelqu'un allait sûrement sortir des enfers pour mettre de l'ordre dans la maison.

Mais rien de semblable ne se produisit, rien de semblable ne parut possible. Je me retirai à X..., charmante petite ville à cinquante kilomètres d'ici où j'achetai un pied-à-terre à ma convenance.

VII

Voilà ce que je craignais, mais je croyais qu'il n'avait pas d'armes; car il était grand de cœur[62].

Othello.

Peu de temps après mon établissement à X... j'eus des indispositions répétées et fort douloureuses. Je me fis saigner à différentes reprises. Je me purgeai sans résultat. Je pris de l'ipécacuana[63] : *idem*. C'était la première fois de ma vie que j'étais malade; le Moulin de Pologne disparut de mes préoccupations. Je n'ai jamais été un hercule, mais, de là à souffrir, il y a loin. C'était une habitude que je ne voulais pas prendre. J'y fus cependant contraint.

Je dus vivre en reclus. Je ne pouvais marcher qu'au prix d'efforts considérables. J'avais heureusement un petit jardin où je pouvais me traîner. J'y avais pris une certaine passion pour les fleurs.

Il y avait déjà quatre ou cinq ans que je menais cette triste existence quand un soir on frappa à ma porte. C'était une femme qui me fit peur avant que je reconnaisse en elle Julie. Elle était vêtue comme avant son mariage, de ses oripeaux criards. Elle avait repris cet air humble du temps où elle nous saluait par les chemins. Ce n'est pas son visage massacré qui me la fit reconnaître mais le fait qu'elle avait fortement badigeonné ses vieilles lèvres avec un rouge violent.

Je me dis : « Voilà la fin. Tu étais destiné à voir la fin des Coste : la voilà. Julie a dû perdre la tête et, avant qu'on ne vienne la chercher, elle mourra dans un de tes fauteuils. »

Il faisait très froid. Elle était glacée. Je la fis asseoir près de mon feu et tirai même une couverture de mulet pour l'envelopper.

Elle me surprit beaucoup en parlant d'abord raisonnablement et avec la voix qu'elle avait eue pendant tout son bonheur. Mais elle me raconta une histoire abracadabrante.

Elle cherchait Léonce. Elle savait d'ailleurs où il devait être. Il fallait que je mette mon manteau et que j'aille avec elle jusqu'aux Messageries. D'après elle, Léonce y était en ce moment même, en train de louer une voiture rapide avec laquelle il se proposait de rejoindre la station de voie ferrée, à soixante kilomètres d'ici.

C'était naturellement absurde. Et toute son attitude me le prouvait. Je lui fis boire un peu de rhum (que j'avais pour me mettre bien avec ma femme de ménage). Elle en fut un peu requinquée et s'installa dans mon fauteuil, devant le feu, comme quelqu'un qui enfin se trouve bien et veut dormir ; ou mourir en paix.

La voir mourir ne m'effrayait pas. Elle avait le nez pincé et mes craintes n'étaient pas surfaites, mais je pensais que, somme toute, elle y avait droit. C'était même parfait pour une Coste. Elle était au chaud. Je ne pouvais (ni ne voulais) lui faire aucun mal. C'était pour elle une fin comme à certains moments on n'aurait pas osé en rêver.

Elle recommença à s'agiter. Je sais que la mort n'est pas facile à atteindre et qu'il faut toujours lui courir après en se démenant beaucoup. D'ailleurs, elle pouvait durer un jour ou deux. Je ne suis pas docteur. De toute façon, si elle passait la nuit, je me proposais de télégraphier, dès le lendemain de bonne heure, au Moulin de Pologne. Jusque-là, il n'y avait qu'à l'aider.

J'abondai donc dans son sens et lui demandai gentiment ce que Léonce pouvait bien vouloir faire avec une voiture des Messageries. J'étais persuadé que parler l'endormirait à la longue.

Léonce, me dit-elle, voulait partir pour toujours.

J'étais complètement idiot, et d'ailleurs, pas du tout à la conversation, comme il est facile de le comprendre. Je lui demandai bêtement :

« Pour où, dites-vous ? »

Elle dut croire que je me moquais d'elle. C'est un remords que je conserve (et il n'est pas commode à apaiser).

Elle me supplia de l'aider. Je lui dis que les Messageries n'ouvraient leur service de nuit qu'à dix heures du soir pour le départ et l'arrivée des courriers (ce qui était vrai). Il était huit heures. Il était inutile d'aller se geler pendant deux heures dans la rue, devant les écuries fermées. Léonce lui-même ne pourrait pas se faire ouvrir. Nous avions le temps. Il valait mieux continuer à se chauffer en attendant.

De toute évidence, la chaleur la séduisait. Elle s'était pelotonnée dans le fauteuil.

« Vous ne me tromperiez pas ? » dit-elle.

Qui aurait pu vouloir la tromper ? J'étais surpris par les ravages *intelligents* de l'agonie dans cet esprit si fier. Elle parla sans arrêt, manifestement en plein délire. C'est son frère Jean qui revivait dans sa tête mais elle le confondait avec son fils. Je la suivais difficilement. Faire agir ce brave Léonce confit en bonheur et en vertus, suivant les plans de l'ancien Ajax dévastateur, n'était pas à la portée d'une imagination quelconque. Il fallait vraiment l'aide de la mort pour mettre dans cette confusion une logique stupéfiante.

Je me demandais où Julie allait chercher ce luxe de détails qui singeaient la vérité à s'y méprendre et composaient un personnage d'une duplicité sans égale. Elle s'était toujours montrée sans malice. Elle n'avait jamais lutté contre nous avec nos propres armes et maintenant elle imaginait de l'hypocrisie, bien mieux qu'un hypocrite de carrière. Ce qu'elle racontait était parfois tellement juste que je me disais : « Ce n'est pas possible qu'elle ait inventé ça ! » Et cependant, si, il fallait bien. Je ne voyais pas Léonce dans ce rôle-là. Il devait être aux cent coups et chercher sa mère partout, lanterne à la main, dans les bois autour du Moulin de Pologne, révolutionnant les alentours avec, de nouveau, le destin des Coste. Eh ! bien, non. Ils sauraient demain matin qu'il n'y avait plus de destin des Coste.

Ou si peu. Juste cette dernière fugue de Julie, et encore qui l'avait amenée chez moi, dans mon fauteuil, sous ma couverture, près de mon feu.

Le destin des Coste ne pouvait rien faire de réel avec Léonce, le fils de M. Joseph. Il n'avait pu que profiter de la faiblesse de cette moribonde pour installer dans sa tête les décors d'un faux drame. Il réussissait encore à faire souffrir celle-là mais il en était réduit aux fantasmagories. Il démolissait en elle ce qu'elle aimait, mais trop tard : elle allait mourir et, somme toute, de cette belle mort tant désirée par toute cette famille d'Amalécites.

Pour l'apaiser et la remettre dans le droit chemin, je lui demandai des nouvelles de Louise. Elle me répondit que Louise était ruinée et à la dernière extrémité morale. Son mal l'obligeant à une immobilité totale, elle avait été dévorée crue ; on voyait dans ses yeux et dans le tremblement de sa bouche un enfer qu'elle ne méritait pas. Si on laissait ce soir les événements s'accomplir, c'était, dit Julie, « la corde dans le grenier pour toutes les deux ».

Enfin, elle regarda la pendule, se dressa et me dit qu'il fallait aller. J'étais très embarrassé. Je marche, je l'ai dit, au prix de très gros efforts et de grandes souffrances. Je ne pouvais pas non plus exercer de violences sur elle pour la faire rester là. Je n'en étais d'ailleurs pas physiquement capable. Nous étions vieux tous les deux. Je croyais qu'elle était à l'article de la mort. Je ne pouvais pas la laisser sortir seule. C'est, de toute évidence, ce qu'elle allait pourtant faire si je ne l'accompagnais pas.

Je mis mon manteau et je m'efforçai de la suivre en l'exhortant à aller doucement. Je regardai autour de nous, dans la rue, prêt à appeler à l'aide si je la voyais chanceler ou peut-être même s'abattre sur le trottoir.

C'était une nuit de froid et de brume épaisse. Nous rencontrâmes cependant quelques personnes qui allaient comme nous aux Messageries.

Nous devions être effrayants à voir surgir du brouillard. Elle, avec ses soieries de couleurs violentes, marchait d'un pas ferme que je ne pouvais pas suivre. Elle revenait vers moi et repartait, faisait trois fois le chemin comme un chien. Et moi qui clopinais péniblement derrière elle. (Ai-je dit que je suis bossu?)

Je lui fis remarquer qu'il n'y avait personne dans l'écurie des Messageries, sauf un employé qui classait les colis arrivés à la voiture de dix heures et un cocher qui allumait sa pipe avec de l'amadou. Mais, pour qu'elle en ait le cœur net, je m'approchai du cocher et je lui demandai s'il était possible de savoir si on avait loué à quelqu'un, ce soir, une voiture particulière pour la station de chemin de fer. Il me répondit qu'il n'y avait qu'à voir le tableau. Il le regarda pour moi et il me dit qu'en effet on en avait loué une il y avait une heure.

J'eus, sur-le-champ, un horrible soupçon.

« Peut-on savoir le nom de celui qui a loué? »

Il me dit que c'était facile puisqu'il fallait montrer ses papiers pour la location des voitures particulières.

Il appela le maître de poste.

Celui-ci se souvenait, dit-il, d'une femme qui avait mauvais genre, une gourgandine sûrement — ceci l'avait frappé; et d'un homme, ma foi, comme tous les hommes...

Il posa son doigt sur le registre :

« Léonce de M... Propriétaire », dit-il.

J'ai le souvenir d'avoir fait au moins quatre ou cinq pas en courant de toutes mes forces. Mais Julie n'avait pas mes douleurs et courait plus vite que moi. Je passai la moitié de la nuit à me traîner dans le brouillard, soi-disant à sa poursuite ou à sa recherche. J'avais même la bêtise de tâter autour de moi avec ma canne, dans l'espoir de rencontrer un corps étendu sur le trottoir. Je rentrai chez moi à bout de forces. Ces événements étaient tellement semblables à un cauchemar que, d'instinct, je m'endormis comme un plomb.

J'eus, naturellement, une crise de rhumatismes qui me tint au lit pendant plus de trois semaines. Quand elle fut finie — porte fermée — je me remis à mes fleurs.

26 janvier 1952.

NOTES

Les notes suivantes éclairent les difficultés qu'un bon dictionnaire ne résout pas toujours.

1 *(p. 7). A wondrous necessary man, my lord* : « Un homme incroyablement nécessaire, monseigneur » (*Le Simple*, drame de Th. Middleton, début du xviie siècle).

2 *(p. 8). La fleur des pois* : ce qu'il y avait de plus distingué en son genre (familier).

3 *(p. 10). Était bien de chez lui* : expression régionale : il avait du bien, était riche.

4 *(p. 13). Faire fortune au Mexique* : allusion aux habitants de Barcelonnette (Alpes-de-Haute-Provence) qui, au xixe siècle, émigrèrent en grand nombre au Mexique, puis, fortune faite, revinrent au pays natal. Coste (cf. p. 30) a devancé ce mouvement.

5 *(p. 13). Pancho Villa* : guérillero mexicain (1878-1923) qui lutta contre des dictatures successives.

6 *(p. 13). Barbe d'œillet* : « frisée en touffe comme la fleur de l'œillet » (variante).

7 *(p. 15). Jésuite de robe courte* : affilié à la Société de Jésus sans s'y être engagé par des vœux.

8 *(p. 24). La bonne nièce* : la propre nièce (et non la nièce par alliance).

9 *(p. 29). Fourrez vos soucis dans un vieux sac et perdez le sac* : proverbe inventé sans doute par Giono.

10 *(p. 32). Amalécites* : dans la Bible, peuple qui attaqua les Hébreux en marche vers la Terre promise. Dieu le voua à la destruction et David l'extermina. Cf. p. 183.

11 *(p. 33)*. *Cannes à corbin* : dont la poignée est recourbée comme le bec d'un corbeau.

12 *(p. 36)*. *Dog-cart* : voiture à deux roues hautes, permettant le transport des chiens de chasse.

13 *(p. 38)*. *Job* : dans la Bible, patriarche riche et juste, frappé de calamités, privé de ses richesses, mais gardant confiance en Dieu.

14 *(p. 42)*. *La muscade est passée* : le tour est joué.

15 *(p. 45)*. *Marmotine* : diminutif de *marmotte*, coiffure faite d'un fichu qui enveloppe la tête et dont les pointes sont nouées au-dessus du front.

16 *(p. 47)*. *Courtilières* : insectes voisins des grillons.

17 *(p. 48)*. *Trocart* : instrument de chirurgie servant à faire des ponctions.

18 *(p. 49)*. *Souillarde* : arrière-cuisine.

19 *(p. 51)*. *Opopanax* : plante méditerranéenne, dont on tire une gomme résine utilisée comme parfum.

20 *(p. 55)*. *Dumont d'Urville* : ce navigateur français, qui explora la Polynésie et les régions antarctiques, périt en effet dans « la catastrophe du train de Versailles », au cours de laquelle, le 8 mai 1842, cinquante-cinq voyageurs, enfermés dans les wagons, moururent brûlés.

21 *(p. 56)*. *Toucher à la hache* : allusion à la parole de Charles Ier d'Angleterre, à l'instant d'être décapité : « Ne touchez pas à la hache ! » Ici : courir le risque d'intervenir dans le destin des Coste.

22 *(p. 64)*. *Des sangsues sans amadou* : pour provoquer un écoulement du sang sans chercher ensuite à l'arrêter.

23 *(p. 78)*. *Ajax* : dans l'*Iliade*, roi de Salamine, il est d'une force extraordinaire et le plus vaillant des Grecs après Achille. Julie (p. 111) puis Léonce (p. 182) lui seront aussi comparés.

24 *(p. 80)*. *In dulcis jubilo* : Noël populaire allemand ; suivent deux cantiques de Luther dont Bach fit des chorals.

25 *(p. 85)*. *Le grand-livre* : liste de tous les créanciers de l'État.

26 *(p. 91)*. *Herba voglio non existe ne anche nel giardino del re* : proverbe italien, d'ailleurs mal orthographié : l'herbe nommée « je veux » n'existe pas même au jardin du roi.

27 *(p. 95)*. *Les Cloches de Corneville*, *La Mascotte* : opérettes datant de 1877 et 1880.

28 *(p. 97)*. *Œuf à la cuiller* : œuf à la coque.

188

29 *(p. 98). Mackintosh* : manteau imperméable.

30 *(p. 101). Lampes Carcel* : lampes à huile inventées par l'horloger Carcel en 1800.

31 *(p. 102). Crépins* : outils et marchandises servant au métier de cordonnier, excepté les cuirs.

32 *(p. 108). Bon cœur bon argent* : déformation de « bon jeu bon argent » : agir de bonne foi, sans détour. Cf. p. 162.

33 *(p. 111). Les Lanciers* : ancienne danse importée d'Angleterre en France sous le Second Empire.

34 *(p. 115). Échella* : monta par degrés.

35 *(p. 118). Il ne faut jamais dire : Fontaine...* : début du proverbe : « Il ne faut jamais dire : Fontaine, je ne boirai pas de ton eau » : il ne faut jamais jurer qu'on ne fera pas une chose, car on ne sait ce que réserve l'avenir.

36 *(p. 129). Pignerol* : forteresse où furent emprisonnés, sous Louis XIV, Fouquet et le masque de fer. Le château d'If était une prison d'État sur un îlot au large de Marseille (cf. *Le Comte de Monte Cristo* d'Alexandre Dumas).

37 *(p. 129). In cauda venenum* : en latin : « Le venin est dans la queue », c'est-à-dire le pire est à venir.

38 *(p. 131). Walking next day upon the fatal shore among the slaughtered bodies...* : « Marchant le lendemain sur le rivage fatal, parmi les corps transpercés de ces hommes que la mer à l'estomac trop plein avait rejetés sur le sable. » L'œuvre de Tourneur date de 1611.

39 *(p. 131). Porter ses grègues ailleurs* : partir (grègues = hauts-de-chausses).

40 *(p. 133). Lui donner [...] les gants* : lui attribuer à tort l'honneur, le mérite.

41 *(p. 134). Cela sentait ostensiblement la poix* : cela inspirait la méfiance ; cf. « sentir le fagot ».

42 *(p. 135). Pâte au sabre* : produit servant à l'entretien des armes blanches.

43 *(p. 138). Prendre sans vert* : au dépourvu.

44 *(p. 138). Dévolution* : dans une succession, transmission par hérédité d'un bien propre d'une ligne ou d'une branche à l'autre, ici de ligne directe de Clara et des de M... de la Commanderie, tous tués dans la catastrophe de Versailles, à l'autre branche, la descendance d'Anaïs, dont Julie fait partie.

45 *(p. 143). God knows, my son...* : citation mal transcrite : « Dieu sait, mon fils, par quels sentiers, par quelles voies indi-

rectes et tortueuses j'ai atteint cette couronne » (*Henry IV*, acte II, scène 4, vers 5). Cette œuvre de Shakespeare date de 1597-1598.

46 *(p. 146). Génoises* : en Provence, bordures ornementales des toits, faites de tuiles superposées.

47 *(p. 149). Léviathans* : monstres marins dont parle la Bible.

48 *(p. 152). Déboutonné* : conversation où l'on parle sans réserve.

49 *(p. 156). Sigisbées* : chevaliers servants (ironique).

50 *(p. 158). « Le Dieu qui faisait pleuvoir »* : expression régionale, parfois ironique, pour désigner quelqu'un à qui l'on voue une grande vénération.

51 *(p. 165). Préparez tout pour une grande fête* : citation extraite de la scène 17 de l'acte I de l'opéra de Mozart et Da Ponte (1787).

52 *(p. 166). Becs-de-canard* : enclaves étroites.

53 *(p. 166). Tuyauté* : comme orné de plis ornementaux, ainsi qu'on en fait au linge en le repassant.

54 *(p. 167). « Qui doit à terme ne doit rien »* : on ne peut être obligé de payer avant le terme échu.

55 *(p. 168). À la chambrière* : comme avec le long fouet léger employé pour les chevaux dans les manèges.

56 *(p. 168). Requiescat in pace* : inscription tombale en latin : qu'il (ou elle) repose en paix.

57 *(p. 168). Du point de vue de Sirius* : envisager les choses de très haut.

58 *(p. 169). Le royaume qu'ils construisaient était loin d'être de ce monde* : reprise de la parole de Jésus-Christ à Pilate : « Mon royaume n'est pas de ce monde » (Évangile selon saint Jean, XVIII, 36).

59 *(p. 171). Peaux* : femme de mauvaise vie (grossier).

60 *(p. 173). Cocodettes* : filles de mœurs légères.

61 *(p. 175). La queue d'une* : pas une seule (populaire).

62 *(p. 179). Voilà ce que je craignais...* : phrase extraite de la scène 2 de l'acte V de la pièce de Shakespeare (1604), et prononcée par Cassio quand Othello vient de se tuer sur le cadavre de Desdémone.

63 *(p. 179). Ipécacuana* : par abrév. : ipéca : plante dont les racines ont des propriétés vomitives.

DOSSIER

par Christian Augère

Ce dossier pédagogique, qui s'adresse à la classe tout entière, professeur et élèves, n'est pas un commentaire complet et dogmatique de l'œuvre. Des informations et des analyses (en caractères maigres) y alternent avec des invitations à la réflexion et des consignes (en caractères gras) pour des travaux écrits ou oraux, individuels ou collectifs. Dans les deux sections principales — « Aspects du récit » et « Thématique » —, l'analyse peut laisser une place plus grande à l'initiative et à la recherche du lecteur.

Pour faciliter la préparation des exposés ou des travaux écrits (cf. la dernière section « Divers »), on trouvera en marge les repères suivants :

qui renvoie aux sujets concernant les personnages de démesure ;

qui renvoie aux sujets concernant la technique narrative de Giono.

1. CONTEXTES

Repères chronologiques ■ Genèse ■ Les « Chroniques romanesques » ■ Place dans l'œuvre.

Le Moulin de Pologne date d'une période extraordinairement féconde dans l'œuvre de Giono, qui se renouvelle alors, et dans plusieurs voies.

C'est aussi l'époque, après une traversée du désert consécutive à la guerre, où Giono retrouve sa place parmi les écrivains majeurs de son temps. Lorsque le roman paraît, Roger Nimier affirme voir en son auteur « la plus grande révélation littéraire de l'après-guerre ».

Enfin, *Le Moulin de Pologne* est la première de ses « Chroniques romanesques » à être située à Manosque, la ville dans laquelle Giono a toujours vécu.

Pour entrer dans ce *Moulin*, il convient donc de rappeler les faits essentiels de la vie et de l'œuvre de Giono.

Repères chronologiques

1895 Naissance à Manosque de Jean-Fernand Giono, fils de Pauline Pourcin, blanchisseuse, et de Jean-Antoine Giono, cordonnier, libertaire, originaire du Piémont. De l'aveu même de Giono, M. Joseph, dans *Le Moulin de Pologne*, est une transposition de la figure de son père. Giono ne quittera guère Manosque, qui sert de cadre à nombre de ses œuvres et se retrouve encore dans la ville anonyme du *Moulin de Pologne*.

1902-1911 Giono fréquente le collège jusqu'à la seconde, l'état de santé de son père l'obligeant alors à gagner sa vie comme employé au Comptoir national d'escompte. Sa vaste culture sera donc celle d'un autodidacte ; c'est seul qu'il découvre notamment les tragiques grecs, Eschyle, Sophocle, Euripide. « Richesse inouïe de mon cœur à l'époque 1911-1912 dans la première rencontre de ce pays et des grands Grecs » (*Journal*, 16 janvier 1939).

1914 Giono est mobilisé.

1916-1918 Au front : Verdun ; les tranchées. De sa compagnie ne survivront que onze hommes. Le Chemin des Dames en avril 1917. Gazé en Flandre en 1918. Il donnera de la guerre une vision apocalyptique en 1931 dans *Le Grand Troupeau*.

1919 Démobilisé.

1920 Retour à Manosque. Mort de son père. Mariage avec Élise Maurin.

1920-1923 Travaille de nouveau au Comptoir national d'escompte. Commence à écrire : un roman, *Angélique*, inachevé, et des poèmes qui lui valent de rencontrer Lucien Jacques.

1924 Publication d'une plaquette de poèmes en prose, *Accompagnés de la flûte*, grâce à Lucien Jacques.

1926 Naissance de sa fille Aline.

1927 Achève *Naissance de l'Odyssée*, qui, d'abord refusé par Grasset, ne sera publié qu'en 1930.

1928 *Colline*, premier livre publié, paraît chez Grasset et rencontre un grand succès.

1929 Parution d'*Un de Baumugnes*. Giono entre en contact avec Gide, Paulhan, démissionne de la banque et décide de vivre de sa plume, achète la maison du Paraïs, sur la pente du Mont d'Or, où il passera sa vie.

1930 Parution de *Présentation de Pan, Regain, Naissance de l'Odyssée, Manosque-des-Plateaux*.

1931 *Le Grand Troupeau, Le Bout de la route* (théâtre).

1932 *Solitude de la pitié* (nouvelles), *Jean le Bleu* (récit d'enfance), *Lanceurs de graines* (théâtre).

1933 *Le Serpent d'étoiles*, achevé en 1931.

1934 Naissance de sa fille Sylvie. Audience et renommée croissantes. Giono, en adhérant à l'Association des écrivains et artistes révolutionnaires, se rapproche des communistes. Publication du *Chant du monde* et du texte pacifiste « Je ne peux pas oublier ». Pagnol commence la série de ses adaptations cinématographiques qui déforment ou trahissent l'esprit des œuvres de Giono.

1935 Publication de *Que ma joie demeure*. Le 14 août, Giono écrit dans son *Journal*, à propos de son roman en cours : « Faire intervenir dans *Batailles* une de ces familles paysannes sur lesquelles s'acharne le malheur. Accidents, morts, maladies. C'est sur elles que tout tombe, toujours. » Tel est le germe du futur *Moulin de Pologne*, à ceci près que les Coste ne seront pas des paysans. En septembre, premier rassemblement sur le plateau du Contadour, dans la montagne de Lure. Autour de Giono se réunissent communistes, pacifistes, antifascistes et adeptes de la vie simple, des « vraies richesses ». Il y aura neuf « Contadour » jusqu'à la guerre, accompagnés par la publication des *Cahiers du Contadour*.

1936 *Les Vraies Richesses*.

1937 Giono s'éloigne des intellectuels de gauche (on le lui fera sentir). Publication de *Refus d'obéissance* (manifeste pacifiste) et de *Batailles dans la montagne*.

1938 Giono publie *Le Poids du ciel* et, dans plusieurs « Messages », accentue son opposition à toute forme de totalitarisme.

1939 Déclaration de guerre. Mobilisé, Giono rejoint son unité malgré son pacifisme et est arrêté en raison de ce même pacifisme : deux mois de prison à Marseille. Il prend alors conscience qu'il a échoué comme homme d'action ; il se refusera désormais à toute expression politique.

1941 *Pour saluer Melville*, sorte d'autoportrait masqué du romancier ; traduction de *Moby Dick* ; *Triomphe de la vie*.

1942 Séjours dans Paris occupé, où sa présence est remarquée. Publication de *Deux cavaliers de l'orage* dans la revue collaborationniste *La Gerbe*. Reportage photographique sur Giono dans le magazine *Signal* publié par les Allemands. Cependant, Giono, à Manosque et aux environs, protège des Juifs et des réfractaires.

1943 *L'Eau vive* (nouvelles) ; la pièce *Le Voyage en calèche* est interdite par l'occupant.

1944 Giono est arrêté à la Libération, emprisonné cinq mois à Saint-Vincent-les-Forts (Hautes-Alpes) pour « collaboration », interdit de publication par le Comité national des écrivains. Mais son dossier est vide : libéré, il est néanmoins assigné à résidence à Marseille avant de pouvoir rentrer à Manosque.

1945 Il conçoit le « Cycle du Hussard », décalogie qui ferait alterner les aventures d'Angelo au XIXe siècle et celles de son petit-fils en 1945, et rédige le premier volume, *Angelo*, qui ne sera publié qu'en 1958.

1946 Sa mère Pauline meurt alors qu'il écrit *Mort d'un personnage*, publié en 1949. Il entreprend *Le Hussard sur le toit*, projette simultanément la série des « Chroniques », rédige en quarante jours la première *Un roi sans divertissement*, et commence *Noé*.

1947 Publication d'*Un roi sans divertissement* et de *Virgile*.

1948 *Noé. Fragments d'un paradis*. Écrit les nouvelles du recueil posthume *Faust au village* (1978).

1949 *Mort d'un personnage*.

1950 *Les Âmes fortes*, écrit de décembre 1948 à avril 1949. Rédaction de « Monsieur Machiavel, ou le Cœur humain dévoilé », inspiré par ses lectures assidues de Machiavel.

1951 *Les Grands Chemins*, écrit d'octobre à décembre 1950. *Le Hussard sur le toit*. Premier voyage en Italie.

1952 Préface aux *Œuvres complètes* de Machiavel. Voyage en Écosse. Enregistre pour la radio des entretiens avec Jean Amrouche.

1953 *Le Moulin de Pologne*, écrit avec des interruptions depuis 1949. *Voyage en Italie*.

1954 Rédige *L'Écossais*, le premier des futurs *Récits de la demi-brigade* (1972). Assiste aux audiences du procès Dominici, dont il tirera des *Notes* publiées l'année suivante. Élection à l'Académie Goncourt.

1955 *La Pierre*.

1957 *Le Bonheur fou*, en chantier depuis 1953, dernier volume du « Cycle du Hussard ». *Domitien* (théâtre) à la radio.

1958 *Angelo*, écrit en 1945. Sortie du film *L'Eau vive*, coécrit avec A. Allioux. Giono écrit des courts métrages.

1959 Giono se tourne vers le cinéma, adapte *Platero et moi* de Juan Ramón Jiménez, écrit, produit et réalise *Crésus* (avec Fernandel), qui sort en 1960.

1961 Mort de Lucien Jacques. Giono préside le jury du Festival de Cannes.

1962 Rédige l'adaptation cinématographique d'*Un roi sans divertissement* et participe l'année suivante à la mise en scène qu'en fait F. Leterrier.

1963 *Le Désastre de Pavie*, essai historique commencé en 1958.

1965 *Deux cavaliers de l'orage*, commencé en 1938. Entreprend *Dragoon*, qu'il n'achèvera pas.

1966 *Le Déserteur*.

1967 Rédige *Olympe*, également inachevé.

1968 *Ennemonde et autres caractères*, datant de 1960 et 1964.

1970 Publication de *L'Iris de Suse*, sa dernière « Chronique », écrite de juin 1968 à octobre 1969. Giono meurt à Manosque dans la nuit du 8 au 9 octobre 1970.

« Rien n'est vrai. Même pas moi ; ni les miens ; ni mes amis. Tout est faux. Maintenant, allons-y » (*Noé*).

Genèse

Bien que le récit soit bref, Giono a travaillé au *Moulin de Pologne* pendant plus de deux ans, avec des interruptions : il s'est heurté à des difficultés inhabituelles pour achever une œuvre qui le satisfasse.

Débutée le 3 décembre 1949, la rédaction se poursuit d'abord sans problème ; Giono prévoit alors huit, puis neuf ou dix chapitres, et même un second livre. Son but est de raconter l'aventure amoureuse et la perdition du dernier des Coste, Léonce, avec une jeune femme séductrice, assimilée au Démon, et dont le prénom changera :

Marion, Adeline, Irma. « La mort cette fois apparaîtra dans l'amour et ce sera la mort morale : l'effondrement de l'âme des Coste, la négation de ce qui faisait leur qualité » (*Carnet*).

À peine terminé, en août 1950, le chapitre VII est aussitôt recommencé ; puis, mécontent de ces deux versions, Giono abandonne provisoirement son roman. Du 18 octobre au 22 décembre 1950, il compose *Les Grands Chemins*, se consacre ensuite à sa préface « Monsieur Machiavel... » et reprend la rédaction du *Hussard sur le toit*, suspendue depuis juin 1948, qu'il termine le 25 avril 1951.

Revenant à son manuscrit à partir du printemps 1951, Giono écrit encore quatre autres versions du chapitre final, avant la septième, le dénouement définitif, très elliptique, où la jeune femme diabolique n'est qu'une ombre, et qu'il achève le 26 janvier 1952. Le livre est édité en janvier 1953 ; la version numéro 3 avait été publiée en août 1951 par *La Revue de Paris* ; la sixième le sera en avril 1954 par *La Parisienne*.

Au total, donc, trois variantes du dénouement ont paru ; et le nombre des pages écartées égale celui des pages publiées ! Giono a allégé son récit en supprimant des personnages, des descriptions de la nature et des développements sur Mlle Hortense. Et finalement la destruction morale de Léonce, qui orientait toute la narration et devait en être le sujet essentiel, n'est que suggérée par sa disparition mystérieuse dans la nuit, à la dernière page.

Les « Chroniques romanesques »

Le Moulin de Pologne fait partie d'un ensemble d'œuvres que Giono a appelées « Chroniques » ou « Chroniques romanesques ». De même qu'il avait d'abord prévu dix romans pour le « Cycle du Hussard », qui n'en comptera que quatre, de même il a tout de suite envisagé vingt volumes de « Chroniques ». Ces projets de vastes séries manifestent en même temps le foisonnement de son imagination et le souci de le canaliser dans des compositions rigoureuses qui assureraient une cohérence à son œuvre. Il envisagera également de faire réapparaître des personnages d'une « Chronique » à l'autre, et même, dans *Les Récits de la demi-brigade*, de faire se rejoindre le « Cycle du Hussard » et la série des « Chroniques ».

Dans l'esprit de Giono, depuis qu'il en a formé l'idée en 1946, les « Chroniques » ont certaines caractéristiques (auxquelles toutes ne se plieront pourtant pas).

▶ Ce sont d'abord des œuvres qui, publiées en Amérique, lui permettraient de vivre pendant qu'il termine le *Hussard* et que pèse sur lui l'ostracisme qui a suivi la Libération. Elles seraient donc brèves, **vite écrites** (voir *Un roi sans divertissement* ou *Les Grands Chemins*).

▶ En outre, et comme leur nom le signale, elles sont liées à l'écoulement du **temps**, et nourries d'histoires privées et de faits divers dans lesquels se traduisent les passions et les comportements.

▶ Elles permettent ainsi une **réflexion morale** sur les

rapports entre individus, le mal, le destin, la condition humaine.

▶ Quatrième composante : Giono les rapproche de l'**opéra bouffe**, par référence à son cher Mozart ; c'est-à-dire que les tons et les registres varient et se mêlent, le comique et le tragique, le burlesque, le monstrueux, l'ironie, etc.

▶ Enfin, les « Chroniques » sont des **récits à la première personne**, confiés à un « récitant » ou narrateur qui peut être, selon les cas, le héros (*Les Grands Chemins*) ou, dit Giono, « moi-même (*Noé*), ou n'importe qui (*Un roi sans divertissement*), ou un médiocre (*Le Moulin de Pologne*), ou tout le monde (*Les Âmes fortes*) » (préface de 1962 aux *Chroniques romanesques*). Bien entendu, ce narrateur, interposé entre les événements qu'il raconte et nous, donne des faits une version nécessairement incertaine, douteuse ou incomplète, ou allusive...

■ **Quelles sont, parmi ces caractéristiques générales, celles auxquelles *Le Moulin de Pologne* vous paraît se conformer le mieux ?**

Place dans l'œuvre

Bien que chacune soit indépendante, on peut repérer des liens entre *Le Moulin de Pologne* et les autres « Chroniques », en particulier la première de la série, *Un roi sans divertissement* (1947).

Ainsi, au chapitre V, le narrateur fait allusion à une de ses relations, procureur à Grenoble, « profond connaisseur du cœur humain » (p. 154), qui est l'un des personnages d'*Un roi*; et la « très sombre histoire de crime paysan » dont ce procureur s'est occupé est précisément le sujet d'*Un roi*. De plus, Mlle Hortense, par son aspect masculin, sa laideur et son rôle de marieuse, s'apparente au personnage de Saucisse dans *Un roi*. Le narrateur, d'autre part, en soulignant (p. 71) que les personnages qu'il évoque ne sont pas des « monstres », reprend un leitmotiv d'*Un roi*, selon lequel l'assassin, M.V., « n'est peut-être pas un monstre », mais bien, comme Langlois, le héros, « un homme comme les autres ». Les thèmes de l'ennui (p. 8, 11, 86...) et de la cruauté qui en divertit rapprochent encore en profondeur les deux « Chroniques ».

Enfin, au moment où il compose *Le Moulin de Pologne*, Giono a dû constater l'échec de ses idéaux généreux et généraux d'avant-guerre, il a connu deux fois la prison et subi exclusion et hostilité : ces amères expériences lui inspirent une vision de l'homme désenchantée et pessimiste, que conforte la lecture soutenue de Machiavel (ses écrits sur Machiavel sont contemporains de notre « Chronique ») : toute relation à autrui est fondée sur le besoin (p. 86), et donc marquée par une volonté de puissance sans grandeur, par le calcul, l'égoïsme, la mauvaise foi, la simulation (p. 147). Le narrateur du *Moulin* partage, incarne et exprime ce jugement désabusé qui colore les œuvres de Giono après la guerre.

Par sa singularité, mais aussi par sa date et par les thèmes qui viennent s'y entrecroiser, *Le Moulin de Pologne* occupe bien une place particulière dans la production de Giono.

2. ASPECTS DU RÉCIT

Le titre ▪ Les épigraphes ▪ La structure ▪ La temporalité ▪ L'espace ▪ Le narrateur ▪ Le système des personnages ▪ Quelques pistes pour l'étude d'un personnage : Julie ▪ Quelques pistes pour l'étude de l'écriture.

Le titre

Pendant qu'il rédige son œuvre, Giono note de nombreux titres possibles, parmi lesquels : « La rue est à Dieu », « Sans titre », « Sans aucun titre de gloire », « La mort Coste » (sur le modèle médiéval de *La Mort Artus*), « Office des ténèbres », « Perséphone » (la reine des Enfers dans la mythologie grecque). Il tire également des titres d'une citation de l'*Agamemnon* d'Eschyle : son esprit est tourné vers la tragédie antique.

▪ **Qu'évoque pour vous chacun des titres envisagés ? Quelles indications donnent-ils sur le climat et les thèmes de l'œuvre ?**

Mais le titre qu'il semble longtemps préférer est « L'Iris de Suse » : son imagination identifie cette fleur à la jeune femme énigmatique et démoniaque qui provoque la perdition de Léonce et incarne l'appel du néant, la figure du destin, de l'inconnaissable.

Ce n'est qu'une fois la rédaction achevée que Giono renonce à ce titre (qu'il donnera à sa dernière « Chro-

nique » en 1970) et choisit *Le Moulin de Pologne*. En fait,
« Pologne » serait la déformation de « Paulone », la veuve
de Paul. Et un « Moulin de Pologne » existe bien dans la
réalité, à une trentaine de kilomètres de Manosque :
Giono a raconté qu'il aurait été « frappé par l'aspect terri-
fié » de cette maison aperçue un soir. Douze ans après la
parution du livre, en 1965, cette maison réelle a été
détruite par un incendie...

■ **En quoi ce titre est-il insolite ? À aucun moment il n'est
question d'un « moulin » dans le domaine : que peut symboliser l'image du moulin ?**

Les épigraphes

Fait singulier chez lui : Giono a placé en tête de chaque
chapitre une épigraphe minutieusement choisie parmi
d'autres.

● Quatre sont empruntées à des drames sanglants du
théâtre élisabéthain, deux sont de prétendus proverbes
exprimant les lois de la sagesse des nations, et celle du
chapitre VI est prononcée par Don Juan, le séducteur
frappé par le destin. Le premier effet de ces épigraphes
est donc de **dramatiser le récit**.

■ **Établir et analyser le rapport que chaque épigraphe entre-
tient avec le contenu du chapitre.**

● Mais, entre chapitre et épigraphe, Giono (ou le narrateur anonyme ?) se plaît à ménager des **ambiguïtés**. Par
exemple, la citation en tête du chapitre IV, avec ses
cadavres, doit-elle être rapprochée de la description de la

ville présentée comme un champ de bataille au lendemain du bal (« La boue durcie [...] dedans », p. 132), ou annonce-t-elle la récapitulation de l'histoire des Coste pour M. Joseph par le narrateur qui en vient au « chapitre des cadavres » (p. 139) ?

De même au chapitre VI : cette fête envisagée par Don Juan renvoie-t-elle à « l'atmosphère quasi magique » (p. 173) qui règne alors au Moulin, ou est-ce une allusion au destin toujours menaçant qui exerce la « séduction de l'enfer » (p. 169) ?

■ **En quoi certaines de ces épigraphes se révèlent-elles ironiques par rapport aux épisodes qu'elles précèdent ? Quel effet produit cette ironie à la lecture de ce drame du destin ?**

● En somme, le titre attire l'attention sur le domaine dont l'histoire, indiquée dès la première phrase, est racontée depuis sa fondation (p. 29) jusqu'à sa ruine (p. 183). Les épigraphes, elles, renseignent plutôt sur la manière dont cette histoire est présentée. Le titre est en rapport avec la **fiction** ; les épigraphes, avec la **narration**, comme la structure.

La structure

● Pour dégager la structure du récit, on peut d'abord dresser quelques **constats** :

— Après la première phrase, le chapitre I est un retour en arrière consacré à l'installation de M. Joseph, et couvre « plus de deux ans » (p. 13).

— Le chapitre II est une deuxième rétrospection, concer-

nant cette fois l'histoire des Coste sur plus de trois générations, et ramène à Julie, qui atteint alors « presque la
trentaine » (p. 87).

— Le chapitre III raconte une nuit, celle du bal au terme
duquel Julie et M. Joseph s'unissent.

— Au chapitre IV (une journée : le lendemain du bal) :
entretien du narrateur avec M. Joseph.

— Le chapitre V évoque la restauration du Moulin, en quelques années, puis la jeunesse de Léonce.

— Le chapitre VI est centré sur le mariage de Léonce et de
Louise et sur la mort de M. Joseph.

— L'épilogue, au chapitre VII, se déroule en une seule nuit,
après une ellipse de « quatre ou cinq ans » (p. 179).

● On voit donc se dessiner une **composition en deux
volets** :

❱ Les chapitres I et II, consacrés respectivement à
M. Joseph et au destin des Coste, convergent vers le chapitre III, où ces deux forces se rencontrent.

❱ Dans les chapitres V, VI, VII, de plus en plus courts, les
personnages secondaires s'effacent, et M. Joseph tente
de détourner Julie du destin, qui semble vaincu (bonheur
de Léonce ; éloignement du narrateur), mais qui triomphe
de manière foudroyante dans les dernières pages.

Au centre, le chapitre IV marque à la fois le début de la
lutte de M. Joseph avec le destin et le retournement du
narrateur : alors qu'il admirait les « têtes » dont il était soli-
daire, dorénavant, fort de sa complicité avec M. Joseph, il
les traitera avec supériorité.

● Cette composition en deux parties fait apparaître des **effets** significatifs :

▶ Chacune s'achève sur une nuit (chapitres III et VII) dans laquelle, chaque fois, Julie s'enfonce, vêtue d'« oripeaux criards » (p. 180) et violemment maquillée.

▶ Ces mêmes chapitres et le chapitre-pivot (IV) sont les trois courts épisodes où le destin se joue (p. 116 et 183) et des scènes où le narrateur, chez lui, a un rôle essentiel.

▶ Dans la première série de chapitres, le narrateur multiplie les observations dérisoires et cruelles sur ses concitoyens ; dans la deuxième, centrée sur le Moulin, il s'attache à cerner les personnalités profondes de M. Joseph et de Léonce.

▶ Au long récit du mythe des Coste (chapitre II) s'oppose, dans la deuxième partie, la brièveté croissante des chapitres exprimant l'accélération sournoise du destin.

■ **Dégager d'autres effets produits par cette structure du récit.**

La temporalité

Temporalité externe

Seulement deux références historiques dans *Le Moulin de Pologne* : « la chute de l'Empire », soit 1815, qui coïncide à peu près avec la fondation du domaine (p. 29), et la « catastrophe du train de Versailles », le 8 mai 1842, où périssent les de M... de la Commanderie et sur laquelle les détails véridiques abondent au chapitre II. Ce n'est donc pas l'Histoire qui intéresse Giono (ou le narrateur),

mais la force du destin et son inscription dans les générations successives d'une famille.

Temporalité interne

● Pour établir la chronologie interne du récit, il faut tenir
compte des retours en arrière, des indications d'années,
de saisons, des âges (donnés ou déduits) et des informations fournies par le narrateur sur lui-même ou par rapport
à lui-même (p. 74 et 75 par exemple).

■ **Dresser l'arbre généalogique des Coste, depuis l'aïeul fondateur jusqu'à Léonce, en calculant ou conjecturant les
dates de chaque personnage.**

Giono, peu soucieux de cohérence, avait envisagé de placer le dénouement vers 1930. Une estimation plus pré-
cise situerait vers 1900 le mariage de Léonce et Louise,
vers 1910 la retraite du narrateur et donc vers 1914 le
dénouement : la fiction rejoindrait l'Histoire ou serait
rejointe par elle.

■ **Que suggère ce possible encadrement du récit par la chute
de l'Empire et le déclenchement de la Première Guerre
mondiale ?**

● En tout cas, ce sont bien des **événements privés** qui
structurent la « Chronique ».

▶ Des **naissances** : on en compte huit au total, mais de
moins en moins au fil des générations, jusqu'à la « stérilité inexplicable » (p. 175) du couple Léonce-Louise et
donc l'extinction des Coste dont le nom est en réalité
perdu depuis l'aïeul.

▶ Des **mariages**, au nombre de six, qui sont des moyens
de défier le destin (le couple échappera-t-il à la malédic-

tion?) ou au contraire de ruser avec lui, d'en « diminuer l'alcool » (p. 38) par des alliances.

▶ Des **morts** : pas moins de dix-sept, dont quatorze accidentelles ou dramatiques, « très spectaculaires » (p. 38).

■ **Reprendre l'inventaire de ces quatorze morts et vérifier le propos de Coste : « Chaque fois c'était brusquement, et dans une sorte d'aurore boréale ; une exception, rouge et théâtrale. » (p. 38).**

● Enfin, la durée romanesque est très inégalement répartie. On a vu que, par trois fois, des chapitres entiers n'évoquent qu'une nuit, par contraste avec le long chapitre II. De même, un grand passage est consacré à l'épisode apparemment inconsistant d'Éléonore et Sophie (p. 18-26), alors que le récit survole et résume, en des sommaires, les époques heureuses (p. 44-45, 157 et 175...). Parti pris du narrateur ?

L'espace

Pas d'itinéraire ni de parcours orienté dans *Le Moulin de Pologne*. Deux lieux constituent les pôles essentiels du récit : la ville et le domaine. Et ces deux lieux sont tangents (p. 29 et 82). Le récit se déplace de l'un à l'autre.

● La **ville** anonyme est identifiable, on l'a dit, à Manosque autrefois, par des noms de places ou de rues ou par le Casino « à côté des Abattoirs » (p. 94). Le boulevard de la Plaine est transposé en promenade Bellevue (p. 18 et 29), et le buste de M. Bouteille, en celui de...

M. Bonbonne (p. 18 et 22) ! Quant à l'impasse des Rogations, où loge M. Joseph, elle est imaginée.

Cette imagination grandit ou magnifie les lieux : le
Casino (en fait, une simple guinguette) est comparé à la
Scala de Milan (p. 95) et doté d'un « péristyle » et d'un
« grand escalier » pour « entrée triomphale » (p. 100) ;
l'intérieur paraît immense, avec son parterre, ses différentes galeries, ses « couloirs circulaires » (p. 104), sa
foule. Au-dehors, les rues forment un labyrinthe, un
« lacis ténébreux », un « entortillement » (p. 117) où le
narrateur, qui y est pourtant chez lui, croit s'égarer dans la
nuit à la poursuite de Julie. Même errance nocturne, à la
dernière page, dans la ville où il s'est retiré.

■ **Que peuvent symboliser ce dédale et cette poursuite ?**

● Sauf par son nom, le **domaine** est imaginaire, comme
son emplacement. Ses caractères varient au fil du récit.

❱ La première phrase le désigne comme une simple propriété.

❱ Il devient, dans le chapitre II, le lieu, clos et maudit,
rejeté, du destin et de la démesure. Après l'accident du
Paris-Versailles, il « semble frappé à mort » (p. 59) et peu
à peu abandonné. Mais, par son secret même, il fascine,
et la voix de Julie attire irrésistiblement les citadins (p. 82).
Il associe donc effroi et séduction.

❱ Une fois Julie et M. Joseph mariés, le Moulin s'ouvre
au contraire aux citadins : luxe, calme et prospérité ; rien
d'anormal, de mystérieux, de fatidique. M. Joseph étend
considérablement le domaine ; quand Léonce prend sa
suite, tout reste « ordinaire », dans la « banalité » (p. 176).

▶ Mais, au dernier chapitre, le narrateur éloigné et le Moulin refermé sur sa solitude, le destin des Coste s'y accomplit.

● Ainsi, les lieux en rapport avec le destin sont des **lieux clos** : c'est aussi dans la salle de bal que le narrateur est « persuadé d'avoir sous les yeux le destin en action » (p. 116), et dans ses logis calfeutrés (p. 139) qu'il reçoit M. Joseph au chapitre IV et Julie au chapitre VII. Face au destin, il est vain de fuir, comme les de M... de la Commanderie et sans doute Léonce, d'élargir l'espace, comme fait M. Joseph en achetant des terres ou le narrateur en prenant de la distance (p. 178).

▶ Fermé, l'espace tend à épouser la courbe du **cercle** ou du demi-cercle. Voir l'intérieur du Casino, le tournoiement de la valse, la disposition des curieux riant de Julie, celle des terres acquises par M. Joseph (p. 169)...

■ **Chercher d'autres exemples. En quoi cette figure du cercle est-elle significative ?**

▶ Social ou fatal, l'espace s'apparente ainsi à un **théâtre** : la référence est fréquente. Parmi les soigneuses mises en scène des convenances — la promenade à Bellevue, la « cérémonie » du bal annuel, le narrateur recevant M. Joseph (p. 136) ou M. Joseph recevant à son tour au Moulin (p. 147) — le scandale éclate au sens propre : il produit un dérèglement en substituant un spectacle à un autre et introduit dans le texte des images de feu et d'explosion, liées à la couleur rouge.

■ **En donner des exemples.**

Le narrateur

C'est la figure essentielle du livre puisqu'il assume trois fonctions : il conduit le récit; il a été le témoin partiel des faits; il est un des acteurs du drame.

 ● Comme **narrateur**, il manipule à son gré la durée romanesque et en rompt le déroulement linéaire par des retours en arrière. Ainsi, les chapitres I et II s'achèvent pareillement sur l'annonce de « la nuit du scandale », dont le récit a été deux fois retardé. Ailleurs, plus discrètement, il anticipe (p. 44, 71...) ou dramatise la présentation des faits : cf. l'ordre du récit dans le paragraphe de la mort de Marie (« Une heure après [...] fouet », p. 49). Surtout, il ne dit pas tout, et cultive même le mystère, en particulier autour de M. Joseph.

■ **Donner des exemples d'éléments essentiels de la fiction que le narrateur passe délibérément sous silence. Quels sont les effets produits ?**

■ **Raconter « sans d'ailleurs vraiment rien dire » (p. 10) : en quoi cette stratégie du narrateur participe-t-elle au sens du livre ?**

En outre, il commente les faits, analyse les comportements — par exemple celui de Mlle Hortense (p. 71) ou celui de Julie (p. 79) —, justifie la cruauté qu'il partage avec ses concitoyens, corrige son jugement sur M. Joseph... Bref, même s'il ne se « pose pas en artiste » (p. 32) ni au romancier (p. 114), il est sensible au romanesque (p. 13) et sait entretenir l'intérêt. Deux moyens parmi d'autres :

❯ l'emploi très fréquent des **italiques**, qui semblent

signaler un sous-entendu, un sens second, mais parfois pour rien ;

❫ l'usage d'**initiales** interchangeables pour désigner les « têtes » de la ville (à une exception près, p. 95).

Dans les deux cas, des signes vides d'un secret gratuit.

● Comme **témoin**, il est peu fiable : il doit reconstituer la part de l'histoire des Coste dont il n'est pas contemporain et avoue alors imaginer parfois (p. 32, 49 et p. 63). Lorsqu'il assiste aux événements, il est souvent mal placé : il n'a pu suivre l'épisode d'Éléonore et Sophie, n'entend pas toutes les paroles de Julie lors de la tombola, perçoit peu de la rencontre de Julie et de M. Joseph. Et il montre davantage ceux qui voient que ce qu'il faudrait voir.

● Il est enfin un **personnage** de la fiction, dans laquelle il occupe une place de plus en plus grande, depuis son effacement dans le « on » et le « nous » collectifs du début, jusqu'au récit de ses petites misères dans le dernier chapitre.

❫ Son **statut social** est imprécis : clerc ? notaire ? En change-t-il entre le début et la fin ? Il reconnaît avoir affronté « la nécessité de faire fortune en partant de rien » (p. 131).

■ **Étudier, à partir de quelques exemples, la variété de ses niveaux de langue.**

En tout cas, un homme de loi (c'est la compétence qu'utilise M. Joseph), qui devrait s'attacher aux faits — mais que les faits contredisent. Son rôle est surtout celui d'un intermédiaire entre les deux clans de ses concitoyens dans la première partie, puis, à partir du chapitre IV, entre la ville et le Moulin, dès que M. Joseph a fait de lui son « complice » (p. 141).

▶ **Physiquement**, sa petite taille parfois implicite ne laisse pourtant pas soupçonner sa difformité, mentionnée comme en passant à l'avant-dernière page. Et si le récit n'était qu'une difficile progression vers cet aveu, obligeant à relire le texte en ce sens ?

▶ Mesquin, complexé, envieux, égoïste, misogyne... Le **portrait psychologique** éclaté qu'il fait de lui-même n'est pas avantageux. Il est cependant capable de comprendre de l'intérieur les sentiments les plus démesurément généreux. Et, à l'égard de Julie, de la persécution à la pitié, que de nuances dans l'émotion ! Il la connaît depuis l'enfance (p. 74), et elle aussi souffre d'une infirmité, marque du destin. Le récit serait-il également celui d'un amour inavoué ?

■ **Étudier cette hypothèse du roman d'amour, sans paraphrase ni psychologisme.**

En somme, un personnage ambivalent, voire discordant, comme les autres protagonistes.

Le système des personnages

● Les personnages se classent d'abord selon leur **désignation**.

▶ Les « personnalités » de la ville, bourgeois et petits nobles à qui convient l'anonymat de la médiocrité, ne portent que des **initiales**.

▶ Les parents des Coste sont singularisés, eux, par des **prénoms** qui, à chaque génération, les associent par couples : P̲ierre et P̲aul, Cl̲ara et An̲aïs, A̲ndré et A̲ntoine, J̲ean et J̲ulie ou J̲acques et J̲oséphine, J̲oseph et J̲ulie, L̲éonce et L̲ouise.

▶ Les « gens du commun » (p. 26) ont droit à un **nom** : les Cabrot, Marcellin et Grognard le bien-nommé.

▶ Enfin, **M. Joseph** porte un prénom en guise de nom et abandonne son nom (inconnu) en épousant Julie (p. 140) : ce traitement particulier est bien conforme à son statut énigmatique qui alimente tant de conversations au chapitre I, et au système des désignations qui coïncide avec celui des classes sociales.

● En outre, les personnages sont présentés dans le texte par des **images** très souvent animales qui les distinguent et expriment le point de vue du narrateur sur eux.

Relever quelques-unes de ces images. Essayer ensuite de retrouver quels sont les personnages successifs qui présentent des analogies avec : des canards, deux vieilles tourterelles, un cheval, des petites bécasses, une dinde, le porc, des taureaux, des poissons, le Minotaure lui-même, un coq, un lion, un paon, un bœuf, un ogre, un sanglier, des biches, des cygnes et des hannetons, un cheval abattu, un oiseau attiré par un serpent, un grillon, un tigre, des petits chats, une colombe, une biche encore et un chien ? L'arche de... *Noé*? *(Réponses à la fin du Dossier, p. 229.)*

■ Quels sont les personnages qui ne sont jamais « animalisés »? Pourquoi, selon vous?

215

● Par leur **attitude morale**, les protagonistes se répartissent enfin en quatre groupes :

▶ Les **médiocres**, anonymes et cruels, sont « pris par la recherche du nécessaire matériel ». Autour d'eux, de leur avidité, « tout est petit » (p. 86). Ils vivent dans la crainte, la haine, la suffisance et le respect d'absurdes et immuables convenances, en faisant souffrir qui y déroge.

▶ Les **victimes** sont presque tous les Coste, y compris l'aïeul qui a « défié » le destin puis tenté de ruser avec lui, ou Pierre devenant « presque un saint » (p. 65) dans sa volonté absolue de se détruire.

▶ Mlle Hortense et M. Joseph sont au contraire des **lutteurs**. L'une, dans la première partie, transforme ce combat pour les Coste en une rivalité quasi amoureuse, comparée au mariage qu'elle n'a pas vécu (p. 69-70). L'autre, dans la deuxième partie, fait avec l'extension du domaine « la plus belle nique qu'il puisse faire au destin » (p. 169). Mais cette vocation de la générosité, ce dévouement total à autrui, n'est-ce pas aussi une forme d'égoïsme ? Car Mlle Hortense combat « pour le bonheur de sa vie » (p. 67) et il y a chez M. Joseph « une grande part d'amour-propre » (p. 170).

▶ Enfin, aux antipodes des médiocres, les **êtres de démesure** (le mot revient souvent) connaissent le vertige et l'accès à un « autre système de références » que le monde réel : Julie, par le chant et la danse, Jean en « musicien de la fureur » (p. 83), le jeune Léonce avec ses rêves et son imagination (p. 159). Des artistes ?

■ **Cette répartition morale des personnages n'est pourtant pas** si rigide (cf. l'ambivalence de Mlle Hortense et de M. Joseph) : comparer Coste et M. Joseph.

Quelques pistes pour l'étude d'un personnage : Julie

● **Sa place dans le récit** : elle apparaît au centre du livre, focalise l'intérêt au chapitre III puis s'efface au profit de M. Joseph avant de réapparaître avec Léonce. Le narrateur lui porte un intérêt particulier.

■ **Dénombrer pourtant les silences du récit à son sujet.**

● **Un personnage toujours dédoublé.**

▶ Une victime du destin ; un bouc émissaire pour la ville.

▶ Celle qui dévoile l'hypocrisie, qui « dépouille jusqu'à l'os » (p. 108).

■ **Analyser l'importance, par rapport à elle, de Jean puis de Léonce ; la portée de son surnom (p. 76) ; la signification symbolique de son infirmité.**

■ **Étudier le « scandale » de son comportement au cours du bal, et aussi la mauvaise conscience des citadins à son égard.**

● **Un être de la démesure.**

▶ L'accès à l'« inconnaissable ».

■ **Par quels moyens y parvient-elle ? Comment le narrateur l'exprime-t-il ?**

▶ Celle qui « se donne au vide » (p. 110).

■ **Étudier les thèmes et le vocabulaire de la séduction et de l'enfer, qui lui sont associés.**

Quelques pistes pour l'étude de l'écriture

Pour caractériser son travail de styliste, Giono parlait de « marqueterie », ce qui peut se vérifier par l'étude de trois brefs passages.

● **La mort de Coste** : « C'était le soir [...] un certain bruit » (p. 47-48).
■ L'articulation du récit et du discours. Préciser notamment les valeurs du présent. Quels sont les effets produits ?
■ Les contrastes entre la poésie de la nature et la souffrance de Coste.
■ Les dissonances entre le ton et le niveau de langue de Mlle Hortense, et le tragique de la scène.
■ L'implicite : ce qui se dit sous l'échange de paroles.

● **Julie au bal** : « Avouez [...] la partie ? » (p. 109-110).
■ En quoi ce passage est-il un texte argumentatif, un plaidoyer ?
■ Fonctions des parenthèses. Quels sont les effets produits ?
■ L'importance du corps.
■ L'imagination.
■ En Julie, la conjonction de l'amour et de la mort.

● **La procession dans le parc** : « Nous traversions [...] capable » (p. 148-149).
■ Un passage à part et délimité (cf. Cabrot).
■ Le rôle des parenthèses dans cette description.
■ L'importance du point de vue. L'éclairage et le champ lexical du rituel.

■ Les sensations.

■ Les personnifications (verbes) et les comparaisons : ce que révèle la métamorphose des choses.

3. THÉMATIQUE

Le destin ■ Une tragédie ■ La cruauté.

Le destin

Le narrateur partage à propos des Coste le point de vue, la superstition ou l'incompréhension de ses concitoyens. Des « malheurs accumulés » (p. 48) sur cette famille, il ne donne pas d'interprétation claire ni univoque. Cet effacement du sens, que la lecture cherche à combler, est symbolisé par la nuit dans laquelle disparaissent à la fin Léonce et Julie. Certes, la notion de **destin** apparaît une trentaine de fois dans le texte, outre des synonymes tels que « fortune » (p. 64), « sort » (p. 171) ou « hasard » (p. 175). Mais elle reçoit des significations flottantes.

Significations

● Première hypothèse : une **malédiction divine** comme celles dont Dieu, dans la Bible, poursuit ses ennemis. Voir les références à Job (p. 38), à Moïse (p. 70), aux Amalécites (p. 32 et 183) et la comparaison de ce châtiment avec le fléau d'une épidémie (p. 14 et 57). Coste, d'ailleurs, au début des malheurs, parle moins de destin que de Dieu. Et le narrateur s'étonne (p. 156) que Julie n'ait pas l'« instinct de conservation » de prier pour elle-même.

 ● Dans la tragédie grecque, le destin est la puissance qui punit l'**excès**, l'*hubris*, la démesure (voir plus haut) de quiconque transgresse les lois établies et se place au-dessus des autres hommes. Il s'agirait donc pour Julie de « ne [...] pas être plus heureuse que les autres » (p. 157).

● On peut encore identifier le destin au **hasard** — ce que fait, semble-t-il, Julie en demandant si, à la tombola, on peut « gagner le bonheur » (p. 122).

● Dans un sens affaibli, le destin serait le simple déterminisme de l'**hérédité**.

■ Quel trait moral du premier Coste se retrouve chez Pierre, chez Jean et chez Julie ? Quel trait physique chez Julie (cf. p. 48 et 111) ? Relever dans le portrait de Léonce tout ce qui est élucidé par l'hérédité.

● Enfin, la « stérilité inexplicable » du couple Léonce-Louise et le départ tout aussi mystérieux de Léonce avec la « gourgandine » sont des formes ultimes et banalisées de la **fatalité**. Plus de démesure : la fuite, l'adultère, la ruine. « Les autres Coste mouraient ; lui, le dernier, fut simplement frappé de nullité » (troisième version du chapitre VII).

■ Que déduire de ces sens multiples du « destin » ?

■ Que paraît suggérer le narrateur à la dernière ligne en abandonnant les Coste et le récit pour cultiver ses fleurs ?

■ Peut-on appliquer au destin ce que le procureur dit de M. Joseph p. 155 : « d'une taille qui [...] poursuite » ?

Conduites

● Coste et M. Joseph, **choisis par le destin** (« Il est, lui, Coste, un homme que Dieu n'oublie pas », p. 34), font face. Coste lutte en comptant le temps et sur le temps : il barre sur un calendrier les jours où ses filles ont

« échappé au destin » (p. 37) et tente, par leur mariage avec les de M..., de s'assurer une garantie « pour dix mille ans » (p. 42). M. Joseph, lui, paraît faire fond à la fois sur l'espace (agrandissement du domaine) et sur le temps (fondation d'une « dynastie »).

■ **Par quels comportements et quelles décisions, aux chapitres III et IV, M. Joseph montre-t-il qu'il affronte le destin des Coste et entreprend d'en renverser le cours ?**

● Mais le destin échappe à nos catégories de l'espace et du temps : en réalité, inconsciemment, **on le choisit**, on l'appelle autant qu'il vous fascine. Voir sa seule définition explicite p. 171. Le destin de Julie, la Coste, la « morte », frappée en outre par la détonation d'un coup de fusil (p. 77), c'est son attirance inavouée pour « l'irrésistible don Juan des ténèbres » (p. 168), pour « la séduction de l'enfer » (p. 169), pour « cette belle mort tant désirée » (p. 183). Un des sens du livre est peut-être là, dans ce choix du destin que fait Coste, au début du livre et de la lignée (p. 38), et même dans le choix de croire à un destin.

■ **Étudier cette hypothèse.**

Écriture

Toute une série de procédés exprime ces conduites et ce destin.

● La **structure** du livre contribue à suggérer l'inéluctable.

▶ Les retours en arrière, en la différant deux fois, font sentir le poids fatal de la nuit du bal.

▶ Dès le début, le grand tableau « drapeau des Amalécites » (p. 32) annonce et figure la chaîne des malheurs auxquels les Coste ne pourront plus échapper.

▶ En abrégeant le dénouement, Giono y renforce l'effet foudroyant du destin.

▶ Le nombre des chapitres (sept) est celui de l'accomplissement.

● Les **références culturelles** déterminent également la lecture.

▶ Les épigraphes, tragiques ou proverbiales, accentuent le caractère inévitable des événements.

▶ Les références à la Bible ou à la tragédie antique orientent l'interprétation.

Une tragédie

Giono est imprégné de la tragédie grecque : en témoignent dans le texte les comparaisons de Jean puis de Julie avec Ajax (p. 78, 111 et 182) et cette **fureur** même de Jean (au sens classique de folie frénétique). De génération en génération, le destin s'attache aux Coste, comme aux Labdacides (famille d'Œdipe) ou aux Atrides. Sans pour autant superposer le roman de 1953 à une tragédie du siècle de Périclès (ou l'inverse), l'analyse des analogies de formes et de thèmes permet de comprendre par quels moyens Giono exprime une vision tragique de l'homme.

Une tragédie grecque est d'abord, au Vᵉ siècle avant J.-C., un cérémonial au cours duquel la cité réunie projette sur scène ses interrogations. Le chœur qui la représente, dans le cercle de l'orchestra, est conduit par le coryphée, *lequel dialogue avec les deux ou trois acteurs masqués, placés sur la* skéné, *qui interprètent les protagonistes tragiques. Le spectacle d'un « revirement [...] du bonheur au malheur » a pour but de provoquer « la* terreur *ou la* pitié *» (Aristote). Le héros, en affrontant des forces qui le dépassent, croit ne dépendre que de lui-même (= démesure) et exprime ainsi l'insatisfaction inhérente à la condition humaine.*

Analogies

● L'organisation de l'**espace** : à la ville (le chœur) s'opposent les protagonistes (au Moulin) ; le narrateur joue le rôle du coryphée.

● La **démesure**.

■ Montrer que tous les personnages liés aux Coste ont ou prennent une dimension excessive, qui provoque « la mise en pièces de notre monde habituel » (p. 26).

■ Étudier en particulier M. Joseph, Coste, Mlle Hortense, Pierre.

■ Analyser les formes que prend cette démesure chez les personnages qu'elle habite.

● L'**atmosphère tragique**. Elle est introduite par M. Joseph : les citadins sont « terrorisés » (p. 12) par son mystère et ses manières et croient vivre une « aventure dangereuse ». Même effroi général exprimé autrefois dans les lettres anonymes (p. 58) ou, plus tard, dans la persécution de Jean et Julie par leurs camarades d'école : il s'agit de « se terroriser » (p. 76).

■ **Interpréter de ce point de vue le grand nombre de blessures, entailles, déchirures...**

● **La cérémonie tragique : le bal.**

▶ Il est bien identifié à une « cérémonie » (p. 92 et 97). Voir aussi « l'encens et les flammes » (p. 99).

▶ Noter l'insistance significative sur le lieu (un théâtre, précisément), la date exceptionnelle, la décoration, les costumes, la musique.

▶ Deux actes : la **valse** solitaire et la **tombola**. Julie, placée par deux fois au centre des regards et portant son masque double infligé par le destin, incarne l'ambivalence humaine : dans sa valse, l'invitation à l'amour se transforme en présence de la mort (p. 109-110); par la tombola, elle tente de changer le destin, d'échapper aux limites qu'il fixe.

▶ Les réactions du public.

■ **Relever les termes qui les expriment; montrer qu'ils s'apparentent aux notions d'Aristote rappelées plus haut.**

■ **Interpréter la métaphore filée assimilant le rire au feu.**

Différences

● D'une part, la faute originelle, qui, dans la tragédie, rejaillit de génération en génération, demeure inconnue dans *Le Moulin de Pologne* (« Ce n'est ni le lieu ni l'heure de [...] raconter la chose en détail », p. 34). Le roman doit une part de son attrait à cette lacune initiale. Même vide à la fin : faut-il imaginer Léonce heureux ? Le roman reste **ouvert**.

● Par ailleurs, cette reconstitution subjective du drame par le narrateur et sa manière de faire de l'ironie et des mystères manifestent une **mise à distance** du tragique.

La cruauté

À celle, supposée, du destin, correspond la cruauté de l'humanité moyenne qu'incarnent les citadins et leur porte-parole : le narrateur.

Quelques pistes de recherche :

● **Coupables mais pas responsables.**
■ **Dans quelles circonstances se manifeste ce sentiment de culpabilité ?**
■ **Par quels arguments le narrateur montre-t-il que cette cruauté est normale, inhérente à la nature humaine ?**
■ **Où et quand affleure cependant une nostalgie de l'innocence ?**
■ **Cette cruauté est présentée comme un divertissement : donner des exemples.**
■ **Montrer qu'elle comble un vide, se substitue à ce qui se dérobe.**

● **Les comportements qu'elle inspire.**
■ **Leur variété (cruauté mentale, lâcheté, délectation, refuge dans la médiocrité...).**
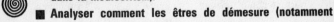
■ **Analyser comment les êtres de démesure (notamment**

Julie) font apparaître cette cruauté chez autrui en l'appelant sur eux.

● Elle se dévoile jusque dans l'écriture du narrateur.

■ Sa complaisance à évoquer des scènes sanglantes, véritables tableaux de supplices.

■ Travail de groupe : cruauté et divertissement. Comparer *Un roi sans divertissement* et *Le Moulin de Pologne*.

4. DIVERS

Sujets de travaux écrits ▪ Réponse à la question sur les comparaisons animales ▪ Conseils de lecture.

Sujets de travaux écrits

◆ Dans *L'Homme précaire et la littérature* (1976), André Malraux écrivait : « Bien que chaque paragraphe d'un roman affirme, tout grand roman interroge. » Comment cette formule peut-elle s'appliquer au *Moulin de Pologne* ?

◆ Albert Camus notait dans *L'Homme révolté* (1951) que « le roman fabrique du destin sur mesure ». Dans quelle mesure cette réflexion est-elle illustrée par *Le Moulin de Pologne* ?

◆ Suffit-il de raconter un roman pour en rendre compte ? Vous tâcherez de répondre à cette question en vous fondant sur l'exemple du *Moulin de Pologne*.

◆ Robert Ricatte, à la première page de sa préface aux *Œuvres romanesques complètes* de Giono (Bibliothèque de la Pléiade), déclare : « Je tiens Jean Giono pour l'un des plus grands narrateurs que la littérature ait produits. » Vous mettrez en lumière les aspects de l'art du récit dans *Le Moulin de Pologne*.

◆ Dans ses entretiens radiophoniques avec Jean Amrouche, diffusés en 1953 (Gallimard, 1990, p. 185), Giono confie : « J'essaie de réinventer la réalité avec les choses exactes. » Expliquez et commentez cette affirmation en vous référant au *Moulin de Pologne*.

◆ L'imbrication du récit et du discours dans *Le Moulin de Pologne* : étudiez-en les techniques et les effets.

◆ La part et le rôle des dialogues dans *Le Moulin de Pologne*.

◆ Les marques et les effets de l'ironie.

◆ Le point de vue dans *Le Moulin de Pologne* : choix, limites, efficacité.

◆ Commentaire composé des passages suivants :
— p. 10-11 : « La mère Cabrot [...] ne savait pas lire. »
— p. 32-33 : « C'est une peinture [...] noir de goudron. »
— p. 120-121 : « Chez M. de K... [...] nous laisser passer. »
— p. 184-185 : « Je mis mon manteau [...] comme un plomb. »

Réponse à la question sur les comparaisons animales (p. 215)

Il s'agit tour à tour de Sophie (p. 24), d'Éléonore et Sophie (p. 26), de Mlle Hortense (p. 31), des compagnes de Mlle Hortense (p. 31), de Mlle Hortense encore (p. 33), de Mlle Hortense toujours (p. 38, 52), de Pierre et Paul (p. 46), de Coste à l'agonie (p. 48), de l'aîné (p. 53), de Pierre (p. 65), de Jean (p. 75), de Julie (p. 76), de Jean de nouveau (p. 78), de Julie (p. 79), de Jean encore (p. 83), des danseuses (p. 101), des spectatrices et spectateurs du bal (p. 104), de Julie (p. 105, 107 et 114), de Cabrot (p. 127), des « têtes » (p. 146), de Julie (p. 156), de Léonce (p. 172), de Julie enfin (p. 184).

Conseils de lecture

◆ Giono a été nourri de la tragédie grecque. Pour mesurer cette influence, pour comprendre qui est le héros tragique et ce qu'est le destin, lisez des tragédies de Sophocle (Folio, n° 360), *Ajax* par exemple (il a été question de ce personnage) ou le modèle du genre : *Œdipe roi*.

◆ Si vous avez aimé en M. Joseph un artiste de la générosité, vous retrouverez cette qualité en M. et Mme Numance dans *Les Âmes fortes* (Folio, n° 249). Vous avez vu en lui un aventurier aristocratique ? Laurent de Théus en est un aussi, dans *Les Récits de la demi-brigade* (Gallimard, 1972).

◆ Toutes les « Chroniques romanesques » de Giono ont paru en Folio.

Pour en savoir davantage :

◆ L'ouvrage le plus complet sur Giono, sa vie et son œuvre est le *Giono* de Pierre Citron, publié en 1990 au Seuil.

◆ La matière de ce livre a été condensée, assortie de nombreuses photos et illustrations, dans le *Giono* du même auteur, collection « Écrivains de toujours », Le Seuil, 1995.

◆ Les tomes III, V et VI des *Œuvres romanesques complètes* de Giono dans la Bibliothèque de la Pléiade (Gallimard) contiennent toutes les « Chroniques romanesques », accompagnées de notices et d'annexes composant une très vaste documentation.

◆ Si vous voulez retrouver la Provence de Giono, qui n'est pas faite de cigales, de lavande, de parties de boules et de verres de pastis, lisez le recueil *Provence*, paru en Folio (n° 2721) en 1995, où sont rassemblés les textes de Giono sur son pays.

◆ Le film *Le Mystère Giono*, réalisé en 1995 par Jacques Mény, évoque en une heure, à partir de documents rares, à la fois l'homme Giono et le créateur. Il est disponible en cassette.

ŒUVRES DE JEAN GIONO

Aux Éditions Gallimard

Romans – Récits – Nouvelles – Chroniques

LE GRAND TROUPEAU. (Folio)

SOLITUDE DE LA PITIÉ. (Folio)

LE CHANT DU MONDE. (Folio)

BATAILLES DANS LA MONTAGNE. (Folio)

L'EAU VIVE.

UN ROI SANS DIVERTISSEMENT. (Folio)

LES ÂMES FORTES. (Folio)

LES GRANDS CHEMINS. (Folio)

LE HUSSARD SUR LE TOIT. (Folio/Folio Plus)

LE MOULIN DE POLOGNE. (Folio)

LE BONHEUR FOU. (Folio)

ANGELO. (Folio)

NOÉ. (Folio)

DEUX CAVALIERS DE L'ORAGE. (Folio)

ENNEMONDE ET AUTRES CARACTÈRES. (Folio)

L'IRIS DE SUSE. (Folio)

POUR SALUER MELVILLE.

LES RÉCITS DE LA DEMI-BRIGADE.

LE DÉSERTEUR ET AUTRES RÉCITS. (Folio)

LES TERRASSES DE L'ÎLE D'ELBE.

FAUST AU VILLAGE.

ANGÉLIQUE.

CŒURS, PASSIONS, CARACTÈRES.

LES TROIS ARBRES DE PALZEM.

MANOSQUE-DES-PLATEAUX, *suivi de* POÈME DE L'OLIVE.

LA CHASSE AU BONHEUR. (Folio)

ENTRETIENS avec Jean Amrouche et Taos Amrouche présentés et annotés par Henri Godard.

PROVENCE. (Folio)

FRAGMENTS D'UN PARADIS (LES ANGES) (L'Imaginaire).

RONDEUR DES JOURS (L'EAU VIVE I) (L'Imaginaire).
L'OISEAU BAGUE (L'EAU VIVE II) (L'Imaginaire).

Essais

REFUS D'OBÉISSANCE.

LE POIDS DU CIEL. (Folio-Essais)

NOTES SUR L'AFFAIRE DOMINICI, *suivies d'un* ESSAI SUR LE CARACTÈRE DES PERSONNAGES.

Histoire

LE DÉSASTRE DE PAVIE.

Voyage

VOYAGE EN ITALIE. (Folio)

Théâtre

THÉÂTRE (Le Bout de la route – Lanceurs de graines – La Femme du boulanger).

DOMITIEN *suivi de* JOSEPH À DOTHAN.

LE CHEVAL FOU.

Cahiers Giono

1 et 3. CORRESPONDANCE JEAN GIONO-LUCIEN JACQUES.

  I. 1922-1929.
  II. 1930-1961.
2. DRAGOON, *suivi d'*OLYMPE.
4. DE HOMÈRE À MACHIAVEL.

Cahiers du cinéma / Gallimard

ŒUVRES CINÉMATOGRAPHIQUES (1938-1959).

Éditions reliées illustrées

CHRONIQUES ROMANESQUES, tomes I à IV.

En collection « Soleil »

COLLINE.

REGAIN.

UN DE BAUMUGNES.

JEAN LE BLEU.

QUE MA JOIE DEMEURE.

En collection « Pléiade »

ŒUVRES ROMANESQUES COMPLÈTES, I, II, III, IV, V et VI ; RÉCITS ET ESSAIS.

JOURNAL – POÈMES – ESSAIS.

Jeunesse

LE PETIT GARÇON QUI AVAIT ENVIE D'ESPACE. *Illustrations de Gilbert Raffin (collection Enfantimages).*

L'HOMME QUI PLANTAIT DES ARBRES. *Illustrations de Wili Glasauer (Folio Cadet).*

Composition Euronumérique
Impression Société Nouvelle Firmin-Didot
le 5 mars 1996.
Dépôt légal : mars 1996.
Numéro d'imprimeur : 33572.

ISBN 2-07-039397-6/Imprimé en France.